BIBLIOTHÈQUE HISTORIQUE
DE LA GUERRE DE 1870-71

LE
MARÉCHAL BAZAINE
ET
L'ARMÉE DU RHIN

D'après les Relations des témoins et les Documents officiels

PAR

J. VALFREY

PARIS

LIBRAIRIE DU *MONITEUR UNIVERSEL*

13, QUAI VOLTAIRE, 13

—

1873

OUVRAGE DU MÊME AUTEUR

HISTOIRE DE LA DIPLOMATIE

DU

GOUVERNEMENT DE LA DÉFENSE NATIONALE

Trois volumes in-8º.

TABLE DES MATIÈRES

PRÉFACE

Je n'aurais pas songé à publier ce travail, écrit depuis longtemps, et qui devait prendre place dans la deuxième édition de mon Histoire de la Diplomatie du Gouvernement de la Défense nationale, *si je n'y avais été indirectement autorisé par des polémiques récentes, aussi inopportunes qu'imprévues. Les événements de Metz ont une importance très-supérieure à la personnalité du maréchal Bazaine, que je laisse à l'écart. Car s'il était établi que les Allemands ont pu se rendre maîtres d'une place comme celle de Metz et d'une armée comme celle du Rhin, par la seule puissance de leurs moyens militaires, il serait fort inutile que la France dépensât désormais cinq ou six cents millions par an pour réorganiser son armée et la maintenir sur un pied honorable.* **La supériorité de la Prusse serait telle, qu'il n'y aurait plus qu'à lui demander son alliance et sa protection.**

J. V.

25 mars 1873.

INTRODUCTION

Le procès du maréchal Bazaine n'a pas d'analogue dans
l'histoire de notre pays, ni peut-être dans celle d'aucun autre.
A différentes époques, des commandants en chef d'armée
ont pu avoir à répondre, devant une juridiction spéciale, de
leurs actes; car, quelle qu'ait été la fortune de nos armes
depuis quatre-vingts ans, encore a-t-elle subi parfois des
éclipses, résultant de l'incapacité ou de l'inobservation des
règlements militaires. Mais la capitulation de Metz dépasse
en importance tous les précédents invoqués par le maréchal
Bazaine pour justifier celle à laquelle il a attaché son nom.
Ni la capitulation de Mayence, ni celle de Gênes, ni celle de
Dresde, pour ne citer que les plus fameuses, n'approchent
de la reddition de Metz. Là, il s'agissait de quelques milliers
d'hommes, dont la perte ne pouvait compromettre d'une
manière irrémédiable des expéditions, dont ils n'étaient qu'un
élément, et encore faut-il ajouter qu'avant de déposer les
armes ils avaient obtenu de l'ennemi des conditions rela-
tivement avantageuses. Ici, au contraire, nous nous trouvons en présence d'un commandant en chef qui a rendu une
armée de 150,000 hommes et qui a livré du même coup, avec
une place forte de premier ordre, une frontière indispensable à

la sécurité de la France, et dont elle était en possession depuis plus de trois siècles.

Certes, loin de nous la pensée de nous associer à un degré quelconque aux clameurs qui se sont élevées contre le maréchal, et de préjuger, par une exposition partiale des faits, la décision du tribunal devant lequel il va comparaître. Prévenu, le maréchal Bazaine est sacré, et nous ne venons point ici ameuter contre lui des passions qui portent plus loin que sa personne et qui visent autre chose que son patriotisme ou sa capacité. Toutefois, son œuvre militaire a entraîné immédiatement de telles conséquences pour le pays, qu'on ne saurait apporter trop de soin à l'éclaircir, en la dégageant de toutes les préventions et de tous les partis pris qui l'obscurcissent.

Des publications nombreuses ont été faites depuis un an sur les événements de Metz [1]. Aucune d'elles ne nous paraît

---

1. Nous nous bornerons à citer ici les plus importantes :

1° L'*Armée du Rhin*, par le maréchal Bazaine ;

2° *Metz, campagne et négociations*, par un officier supérieur de l'armée du Rhin ;

3° *Journal d'un officier de l'armée du Rhin*, par Ch. Fay, lieutenant-colonel d'état-major ;

4° *Rapport sur les opérations du 2e corps de l'armée du Rhin*, par le général Frossard (1re partie ; la seconde n'est pas encore publiée) ;

5° *Enquête parlementaire sur les actes du Gouvernement de la Défense nationale* (tome 1er ; déposition du maréchal Lebœuf) ;

6° *Capitulation de Metz*, par le général Coffinières de Nordeck, etc.

Les Allemands ont également beaucoup écrit sur la campagne de Metz ; mais il y a fort peu de profit à tirer de l'étude de leurs travaux. En effet, si leurs relations sont très-précieuses pour nous faire connaître les mouvements et les dispositions stratégiques des troupes commandées par le prince Frédéric-Charles, elles se taisent absolument sur toutes les questions que soulève nécessairement en France la conduite politique et militaire du ma-

contenir la vérité historique. Les unes partent de ce principe que tout était facile au maréchal dans l'accomplissement de la tâche qu'il avait acceptée, et elles invoquent à l'appui de cette thèse la valeur, le courage, l'esprit de discipline de l'incomparable armée qu'il a eu l'honneur de commander. Les autres soutiennent au contraire que le maréchal Bazaine a tiré le meilleur parti de ses ressources et que, s'il a été vaincu, il le doit à des circonstances de fatalité dont il n'est pas responsable, et qui ont été, du premier jusqu'au dernier jour, supérieures à ses moyens d'action.

Nous ne voulons pas imposer prématurément notre opinion au lecteur. Fidèles aux devoirs et aux conditions de la méthode historique, nous nous attacherons à exposer les faits tels que nous les comprenons, tels qu'ils résultent des relations des témoins. Ces relations sont loin de s'accorder entre elles; elles se contredisent même sur plusieurs points essentiels; mais en les rapprochant, en les comparant, on arrive cependant à en dégager un ensemble de faits, qu'il est d'autant plus utile de mettre en relief, que l'esprit public se prononce sur ces graves événements avec une vivacité, une promptitude et une assurance qui ne sont pas toujours d'accord avec la réalité.

L'histoire du commandement en chef du maréchal Bazaine se divise naturellement en trois parties. La première, qui comprend la période des grandes opérations militaires, s'étend du 13 août 1870 jusqu'au 4 septembre; la seconde,

---

réchal Bazaine. Il y a plus; les Allemands, dans un sentiment d'orgueil national, et pour ajouter à leur triomphe, soutiennent résolûment que le maréchal Bazaine est le plus grand capitaine que possède la France en ce moment. Inutile d'ajouter qu'à leurs yeux son procès est une iniquité.

1.

qui embrasse la période défensive et expectante, va du 4 septembre au 10 octobre; la troisième enfin, qui se rapporte à la capitulation, commence à cette dernière date et finit au 29 octobre. Ces trois actes du drame de Metz formeront la **division naturelle de notre travail.**

LE MARÉCHAL BAZAINE

ET

L'ARMÉE DU RHIN

D'après les relations des témoins et les documents officiels

I

LES GRANDES OPÉRATIONS MILITAIRES SOUS METZ

(13 août — 4 septembre 1870)

On sait dans quelles circonstances douloureuses le maréchal Bazaine fut appelé au commandement en chef de l'armée du Rhin [1]. Le 6 août 1870, date à jamais néfaste, le corps du maréchal Mac-Mahon avait été battu à Woerth, et celui du général Frossard à Spikeren; dans une même journée, l'ennemi avait réussi à pratiquer deux trouées sur le territoire français, sans compter que la retraite du corps du général de Failly allait ouvrir à l'invasion sa principale route. Dès le lendemain, 7, l'empereur nommait un gouverneur de Metz, et décidait de faire opérer à l'armée de Lorraine une concentration générale sous les murs de cette place, puis une retraite près de Châlons, où elle serait rejointe par les troupes du 1er corps que le maréchal Mac-Mahon ramenait d'Alsace, par celles du 5e que commandait le général de Failly, et par celles du 7e que commandait le général Douay. Mais la nouvelle de cette décision avait produit une émotion profonde dans Paris, et le conseil des ministres, craignant que le public n'y vit prématurément la conséquence d'un désastre irréparable, s'opposa avec énergie à une retraite aussi

[1]. Il convient de mentionner ici que le maréchal Bazaine n'était déjà plus, à la date du 6 août, commandant du seul 3e corps d'armée. Par un ordre général, en date du 5 août, les 2e, 3e et 4e corps avaient été placés sous son commandement. Sa responsabilité dans les événements militaires commence donc au combat de Spikeren, puisque le corps du général Frossard, qui fut engagé ce jour-là, était sous ses ordres.

immédiate. Ajoutons que cette appréciation du conseil des ministres était aussi celle de plusieurs généraux de l'armée du Rhin. On comprend, en effet, que si, après les événements malheureux du 6 août, le maréchal Mac-Mahon s'était concentré sur la Haute-Alsace, pendant que le maréchal Bazaine se serait concentré autour de Metz, la marche de l'ennemi eût été sérieusement entravée.

Dès le 8 août, le major-général prévint les chefs de corps que l'ordre de la veille était révoqué, que l'armée de Lorraine et la garde resteraient concentrées sous Metz, pour arrêter de là, soit les troupes du prince Frédéric-Charles, soit celles du Prince royal, qui débouchait par Saverne [1].

Mais l'opinion publique en France réclamait contre le maintien du commandement supérieur de l'armée aux mains de l'empereur Napoléon III, et la voix générale désignait le maréchal Bazaine comme l'officier le plus capable, par ses connaissances militaires et la confiance qu'il inspirait aux soldats, de rétablir une situation gravement compromise. L'empereur céda à cette pression, et le 12 du mois d'août, le maréchal reçut du major général une dépêche ainsi conçue, qui lui annonçait sa nomination de commandant en chef de l'armée du Rhin :

Au grand quartier général, Metz, 12 août.

J'ai l'honneur de vous informer que, par décret en date de ce jour, l'empereur vous a nommé au commandement en chef de l'armée du Rhin. Votre Excellence prendra immédiatement possession de son commandement...

Le major général,
Signé : LEBOEUF.

En même temps que sa nomination, on expédiait au maréchal Bazaine l'ordre de passer la Moselle sans retard, pour se replier sur les plaines de la Champagne.

L'armée qui était mise à la disposition du nouveau commandant en chef, comprenait un effectif de 178,688 hommes et de 39,502 chevaux, munis de 450 canons et de 84 mitrailleuses. De ce chiffre, il convient toutefois de défalquer la division Laveaucoupet, forte d'un peu plus de 8,000 hommes, qui, dès le lendemain, 14 août, fut laissée à Metz par ordre de l'empereur, afin d'en occuper les forts et d'en constituer la garnison.

Voici, du reste, l'état des divers corps composant l'armée. Le 2° corps, sous les ordres du général Frossard, s'élevait à 25,000 hommes ; le 3°, sous les ordres du général Decaen, à 48,361 hommes ; le 4°, sous les ordres du général Ladmirault, à 36,063 hommes ; le 6°, sous les ordres du maréchal Canrobert, à 38,089 hommes ; la garde impériale, sous les ordres du général Bourbaki, a 21,422 hommes ; la réserve de cavalerie, à 4,754 hommes ; la réserve d'ar-

---

1. Général Frossard. — *Rapport sur les opérations du 2° corps de l'armée du Rhin*, p. 69 et suiv.

tillerie, à 2,061 hommes, et enfin une brigade du 5ᵉ corps, à 3,470 hommes [1].

Au moment où ce récit commence, l'armée du Rhin était concentrée depuis le 11 août autour de Metz, sur la rive droite de la Moselle.

Le maréchal Bazaine prit possession de son commandement le 13 août. Nous avons dit plus haut qu'avec sa nomination, le maréchal avait reçu l'ordre de faire passer immédiatement son armée sur la rive gauche de la Moselle. Mais, pour diverses raisons, ce mouvement ne put commencer de suite. En premier lieu, l'idée du maréchal pendant toute la journée du 13 était encore que l'ennemi s'approchant de plus en plus de nos lignes, il y aurait inconvénient à commencer, pour ainsi dire sous ses yeux, une opération aussi compliquée et aussi délicate que celle du passage d'une rivière. Il persistait donc à penser qu'il serait préférable de suspendre la retraite, d'attendre les Allemands de pied ferme, et de tâcher de les rejeter au delà de la Nied par une offensive vigoureuse et hardie.

Ajoutons que déjà, dans la soirée du 10 août, le gouverneur de Metz avait fait de longs et inutiles efforts pour amener le grand quartier général à comprendre que nos troupes perdaient de leur force morale par une retraite de dix lieues sans combat ; qu'il était fort grave d'abandonner toute la Lorraine sans livrer bataille ; que l'ennemi devait être désuni par la rapidité de ses mouvements, et que la position de la Haute-Bévoye, à six kilomètres de Metz, se prêtait admirablement à une lutte défensive, etc. Mais, ni ce jour-là, ni les jours suivants, ce plan ne devait prévaloir contre la crainte qu'on avait de s'engager avec une rivière à dos, quoique en avant de cette rivière il y eût la ligne des forts et toute la place de Metz. En réalité, dès le 7 août, l'Empereur avait résolu d'éloigner l'armée du Rhin, et de l'entraîner avec lui du côté de Châlons ; aussi se montra-t-il inflexible vis-à-vis des suggestions du maréchal Bazaine, en insistant sur ce qu'elles devenaient à chaque heure plus périlleuses. On savait, en effet, que, depuis le 11 août, des partis ennemis s'étaient montrés dans les environs, et que Nancy avait été occupé le 12. Malheureusement ces discussions, qui durèrent jusqu'à la fin de la soirée du 13, eurent pour conséquence de faire perdre vingt-quatre heures, dont l'ennemi devait profiter pour gagner du terrain, et attaquer bientôt l'armée française. Quoi qu'il en soit, le maréchal, ne pouvant plus prolonger cet état d'incertitude, prescrivit pour le lendemain matin, 14, le passage de la Moselle.

D'autres circonstances vinrent encore, au dernier moment, compliquer l'opération. Au sud de Metz, la Moselle se divise en deux

1. *Déposition du maréchal Lebœuf devant la commission d'enquête des actes du Gouvernement de la Défense nationale.* Ces chiffres sont un peu surélevés, notamment pour ce qui regarde le corps du maréchal Canrobert ; l'effectif de l'armée du Rhin n'était pas, à ce moment, de plus de 168,000 hommes.

bras, qui, avec la Seille, forment comme trois rivières ; au nord de la ville, la Moselle se partage également en deux autres bras, si bien qu'il fallait jeter des ponts sur cinq points différents et sur une longueur totale de 1,200 mètres.

Malgré les efforts prodigieux du génie et du gouverneur de la place, il n'y eut pas possibilité d'être prêt dès le 14 au matin, d'autant mieux que le maréchal négligea d'utiliser les ponts en pierre de la porte de France et de la porte de Thionville pour dégager sans retard l'armée de ses impédiments, et abréger d'autant le passage ultérieur sur les ponts de bois. Pour comble de mauvaise chance, la Seille et la Moselle, grossies par les pluies torrentielles des jours précédents, avaient enlevé la veille plusieurs ponts de chevalets et couvert les autres, ainsi que les prairies avoisinantes.

Malgré ces mécomptes, nous ferons observer que dans les cas graves, une armée passe les rivières sans prendre tant de précautions. Les Allemands ont bien franchi la Moselle en un jour le 15 août, afin de nous couper la retraite sur Verdun. Or, ils n'avaient certainement pas autant de ressources que nous pour effectuer rapidement cette opération. On arrive donc ainsi à se convaincre que la lenteur avec laquelle le général en chef a exécuté son mouvement est une des principales causes des désastres de Metz. Il suffisait de gagner vingt-quatre heures pour échapper sans combat à la poursuite de l'ennemi. N'oublions pas d'ajouter non plus, que si le chemin de fer de Verdun à Metz eût été terminé en temps opportun, ce qui était possible, toute la physionomie de la campagne eût été complètement modifiée dans un autre sens, plus favorable à nos armes [1].

Le mouvement ne commença donc le 14 qu'assez tard dans la matinée, c'est-à-dire vers dix heures. Il se poursuivit sans incidents pour le 2e, le 6e et une partie du 4e corps, qui étaient déjà de l'autre côté de la Moselle, lorsque tout-à-coup, vers trois heures, la première armée prussienne, sous le commandement du général Steinmetz, atteignit nos queues de colonnes à Courcelles, et attaqua avec impétuosité le 3e corps et une division du 4e qui attendaient leur tour de passage. Ces troupes firent bonne contenance, et, appuyées par le corps du général Ladmirault, qui fut ramené sur la rive droite, et la garde, elles repoussèrent l'ennemi sur toute la ligne. Pendant la bataille, qui dura jusque fort tard et qui est connue en France sous le nom de journée de Borny, le maréchal Bazaine paya de sa personne avec un sangfroid et un courage qui produisirent le meilleur effet sur les soldats [2]. Les pertes des Allemands furent consi-

1. Il est juste de reconnaître que le non-achèvement de la ligne de Metz à Verdun n'engage pas la responsabilité du maréchal Bazaine, mais plutôt celle du gouvernement impérial.

2. La vérité historique nous fait un devoir de préciser : au combat du 14, le maréchal Bazaine reçut une forte contusion à l'épaule gauche et ne dut la vie qu'à son épaulette, qui ne put être traversée par le projectile.

dérables, mais les nôtres furent sensibles. Nous eûmes 3,610 hommes mis hors de combat, et parmi eux, le général Decaen qui mourut plus tard des suites de sa blessure ; les généraux de division Castagny et de Clérambault, ainsi que le général de brigade Duplessis, furent également atteints, mais moins grièvement. En résumé, l'affaire avait été très-vive de part et d'autre. De notre côté, 48,000 hommes avaient été engagés.

Néanmoins, par cette diversion, les Prussiens avaient atteint leur but, qui était de retarder le passage de la Moselle et de donner du temps à l'armée du prince Frédéric-Charles pour tourner Metz et intercepter les deux routes de Verdun vers lesquelles se dirigeait le maréchal Bazaine. L'attaque de Steinmetz n'avait pas eu d'autre raison. Un fait d'ailleurs achèvera de démontrer avec quelle audace l'ennemi opérait en ce moment et spéculait sur l'effet moral de nos premiers revers pour poursuivre ses avantages : un parti de Prussiens poussa dans la journée du 15 ses reconnaissances jusque dans l'intérieur d'un faubourg de Metz, à la grande terreur de la population qui n'en pouvait croire ses yeux.

Le 14 août, l'empereur et le prince impérial quittèrent Metz. Retardé par le passage des troupes sur les ponts de la Moselle, leur départ put cependant s'effectuer vers deux heures de l'après-midi, et les deux voyageurs allèrent s'établir le soir à Longeville, situé au-dessous du fort de Saint-Quentin. Des témoins, qui ont vu alors la figure soucieuse et triste de Napoléon III, affirment qu'on y pouvait lire, avec l'émotion des malheurs présents, une profonde inquiétude pour l'avenir. Un jour, c'était avant les désastres de Wœrth et de Spikeren, l'empereur allant se promener en voiture découverte, hors des murs de Metz, traversait un faubourg dont les maisons sont bordées de lauriers-roses. Quelques habitants, accourus sur son passage, eurent alors l'idée d'en cueillir des branches et de les jeter dans sa calèche. L'empereur sourit mélancoliquement, et dit au général qui l'accompagnait : « J'aimerais mieux recevoir ces lauriers à la fin qu'au commencement de la guerre. » Cette anecdote caractéristique nous paraît peindre exactement l'impression que Napoléon III avait ressentie dès le début des hostilités et que l'expérience, hélas! devait trop cruellement justifier.

Le passage de la Moselle s'était effectué définitivement, pour le 2e et le 6e corps, dans la journée du 14 août; la garde suivit dans la matinée du 15. Quant aux 3e et 4e corps, qui avaient pris une part si active au combat de Borny, ils n'atteignirent la rive gauche de la rivière que le 15 vers midi, et il leur fut impossible d'occuper leurs positions le même jour. Encore faut-il ajouter que si le 4e corps arriva le 16, un peu avant midi, à son poste, c'est parce que le général Ladmirault prit sur lui de modifier son itinéraire et de passer par la route de Briey, plus courte que celle qui lui avait été prescrite. De son côté, l'empereur avait abandonné le

15 son quartier général de Longeville pour se porter à Gravelotte, où il passa la nuit.

En résumé, dès le lendemain de Borny, toutes les dispositions étaient prises pour continuer la marche sur Verdun par deux routes, l'une départementale, par Conflans et Etain, l'autre, au sud, route d'état et directe.

Le 16 août, à quatre heures du matin, l'armée du Rhin, conformément aux ordres transmis la veille, était prête à reprendre son mouvement dans cette direction ; mais les retards survenus dans l'arrivée des deux corps engagés l'avant-veille à Borny, ne permirent pas de commencer ce mouvement d'aussi bonne heure qu'on l'aurait désiré. A six heures, le maréchal Bazaine se rendit au quartier général de l'empereur, à Gravelotte, et assura le départ de Sa Majesté ainsi que celui du prince impérial, par la route de Conflans, qui conduit à Verdun. Le maréchal et l'empereur eurent alors ensemble une courte et dernière conférence dont les détails ne sont évidemment pas connus, mais dans laquelle on constata, des deux côtés, la nécessité de porter le plus vite possible l'armée du Rhin vers le but assigné à son mouvement, c'est-à-dire vers les plaines de la Champagne. Une brigade de chasseurs d'Afrique et un bataillon du 3e grenadiers furent désignés pour accompagner Napoléon III et son fils.

Il y a lieu aussi de supposer que le 3e corps, commandé par le maréchal Lebœuf, avait reçu une mission analogue, car, pendant la matinée du 16, il se trouvait du côté de Saint-Marcel, sur la route d'Etain.

Ce départ une fois effectué, il est remarquable que la marche de l'armée du Rhin fut immédiatement contremandée et subordonnée tout au moins à des ordres qui seraient donnés dans l'après-midi. Les choses en étaient là, et les reconnaissances du matin n'ayant signalé sur aucun point l'approche de l'ennemi (ce qui fut fort regrettable et ce qui reste difficile à expliquer), la journée semblait devoir se passer sans affaires. Mais vers neuf heures, le 3e corps prussien de l'armée du prince Frédéric-Charles et deux divisions de cavalerie, sous les ordres du général Alvensleben, attaquèrent les Français avec une audace inouïe. Immédiatement l'armée du Rhin se déploya, et alors commença une bataille qui, par la grandeur des efforts et l'acharnement de la lutte, peut compter pour une des plus mémorables et des plus gigantesques de ce siècle. A un moment donné, vers midi, le maréchal Bazaine dut faire donner la garde, et, enveloppé lui-même et séparé de son état-major par une charge de hussards de Brunswick, que commandait, dit-on, un ami de l'ex-empereur Maximilien du Mexique, il ne dut qu'à son intrépidité personnelle de n'être pas enlevé. Après des péripéties diverses qu'il est superflu de raconter ici, l'armée française, à neuf heures du soir, à la suite de douze heures de combat, restait maîtresse de toutes ses positions, sur lesquelles elle coucha. Nul doute que si alors notre conversion à droite eût été plus vigoureusement accentuée, les Allemands étaient rejetés sur la Moselle et pouvaient subir un désastre irréparable. Telle est la bataille de Rezonville ou de Mars-la-Tour, connue dans l'armée sous le nom de Gravelotte.

Quelle était au juste l'importance de notre victoire? Disons d'abord qu'elle avait mis de notre côté près de 17,000 hommes hors de combat, parmi lesquels trois généraux tués, deux blessés et un disparu [1]. Les pertes des Prussiens furent au moins aussi considérables. Mais nous étions, comme le matin, maîtres de Rezonville, la clef de la position, et les routes de Conflans et de Briey demeuraient en notre pouvoir. A la vérité, le maréchal n'avait jamais apprécié l'importance de cette dernière, qui lui paraissait offrir des difficultés considérables; toutefois, ce ne pouvait être une raison suffisante pour la dédaigner.

Quoi qu'il en soit, constatant son succès, l'armée du Rhin s'attendait à reprendre prochainement sa marche, après quelques heures d'indispensable repos, par les chemins qu'elle avait si vaillamment défendus. Mais il ne semble pas que le maréchal ait eu sérieusement la pensée de répondre à cette attente, car, dès le soir du 16, il faisait savoir à Metz, qu'il serait le lendemain à Plappeville.

C'est là, nous ne craignons pas de le dire, que commence pour le maréchal une grosse responsabilité. La marche vers Verdun, irrévocablement décidée depuis le 13 août au soir, ne pouvait être suspendue que par des obstacles de force majeure; or, le résultat de la bataille de Rezonville en créait-il véritablement?

Nos troupes étaient fatiguées, soit; mais les troupes prussiennes ne l'étaient-elles pas également, et cette circonstance les empêcha-t-elle de marcher le lendemain, et de se retrouver sur notre passage le 18? Pourquoi aussi le maréchal négligea-t-il de poursuivre ses avantages, et de déblayer complétement le terrain à côté de lui, en se jetant sur les derrières de l'ennemi en retraite? Autant de questions très-graves que nous n'avons pas mission d'examiner à fond; mais, sans vouloir en préjuger la solution historique, il convient de reconnaître que la retraite de l'armée du Rhin après la bataille du 16 août n'est pas suffisamment expliquée, jusqu'à présent.

Le maréchal Bazaine invoque, en second lieu, à l'appui de sa détermination, le fait qu'après une aussi rude journée ses munitions étaient épuisées et qu'il avait besoin tout au moins de prendre le temps de se réapprovisionner. Le maréchal Lebœuf [1] répond que

---

1. Les tués furent les généraux Legrand, Brayer et Marguenat; les blessés furent les généraux Bataille et Letellier-Valazé. Le sixième, qui disparut, fut le général Montaigu.

1. *Déposition du maréchal Lebœuf devant la commission d'enquête du 4 septembre, déjà citée.*

la crainte de manquer de munitions avait sans doute pu être communiquée au commandant en chef, mais qu'elle ne reposait sur aucun fondement. Des munitions, il y en avait à Metz en quantité énorme, et il est, dans tous les cas, singulier que le maréchal n'ait connu que le 24 suivant l'existence de 4 millions de cartouches qui lui avaient été expédiées après nos premières défaites sur le Rhin. Les convois qui avaient apporté ces cartouches avaient été reçus par l'autorité militaire, l'intendance ou l'artillerie, et ils avaient dû être notifiés par conséquent au quartier général.

On était donc sûr de trouver des munitions à Metz, et pour en faire venir en quantité suffisante des magasins de cette ville sur le théâtre du champ de bataille, il ne fallait pas plus d'une nuit, celle du 16 au 17. Le général Changarnier va plus loin[1] : il prétend que, même après la bataille de Rezonville, il restait encore à l'armée assez de munitions pour continuer sa marche, sans crainte d'être prise au dépourvu. D'après lui, la consommation qui s'était faite de cartouches et d'obus, le 16, avait été très-inégale, et avec une répartition bien entendue, en déchargeant le trop plein des corps qui n'avaient pas été fortement engagés sur ceux qui l'avaient été davantage, on serait arrivé sans perte de temps au chiffre voulu pour plus de deux batailles.

En résumé, il serait puéril de prétendre que la continuation de la marche de l'armée du Rhin vers Verdun était rendue facile après la bataille de Rezonville. Cette marche, au contraire, exigeait une grande vigueur, et nous n'hésitons pas à reconnaître que plusieurs autorités militaires approuvent le maréchal de ne l'avoir pas risquée. Mais c'est aussi notre avis que, du moment où elle avait été arrêtée comme la condition des opérations subséquentes, le commandant en chef devait sacrifier beaucoup à sa réalisation. En l'ajournant, en la subordonnant à des précautions inopportunes, en présence de la rapidité des mouvements prussiens, le maréchal a donc pu légitimement accréditer dès ce jour l'idée que la résolution de quitter Metz n'avait jamais été bien ancrée dans son esprit.

Dans la nuit qui suivit la bataille de Rezonville, c'est-à-dire dans la nuit du 16 au 17 août, le maréchal Bazaine envoya aux divers commandants de corps une instruction portant que, eu égard à la grande consommation de munitions d'infanterie et d'artillerie faite la veille, il y avait lieu de suspendre la marche vers Verdun. Dans ces conditions, le 2ᵉ corps dut s'établir entre le Point-du-Jour et Rozérieulles ; le 3ᵉ, à la hauteur de Saint-Germain ; le 4ᵉ, à la suite du précédent, jusqu'à Montigny-la-Grange ; le 6ᵉ, à Verneville et la Garde, à Lessy et à Plappeville. Les ordres du maréchal portaient que le mouvement commencerait à quatre heures du matin.

1. Le général Changarnier. — *Discours à l'Assemblée nationale*, le 29 mai 1871.

Tout le monde se rendit compte qu'il aboutissait à abandonner les positions défendues la veille, pour rapprocher de Metz l'armée qu'il s'agissait le 16 au matin d'en éloigner. L'ennemi songeait d'autant moins à contrarier ce mouvement, qu'il était complétement en dehors de ses prévisions, car ses rapports officiels constatent qu'il s'aperçut seulement le 18 au matin de l'évacuation de Gravelotte par nos troupes, laquelle avait eu lieu vingt-quatre heures auparavant. Preuve bien manifeste de l'échec que les Allemands avaient subi le 16 août! C'est, en effet, la vérité exacte et telle qu'elle ressort de leurs propres aveux, que, dans la journée du 17, ils ne savaient où chercher les troupes françaises, et partant, que celles-ci auraient pu continuer leur retraite sur Verdun sans être plus inquiétées de ce côté qu'elles ne le furent de l'autre. Il y a même lieu d'ajouter que si, dès le 18 au matin, l'armée allemande se trouva en mesure de nous attaquer de nouveau, c'est que, par son retour inopiné vers Metz, le maréchal Bazaine lui avait abrégé singulièrement la distance qu'elle avait besoin de parcourir à l'origine pour se porter une seconde fois à notre rencontre.

La nuit du 17 au 18 se passa comme la précédente, sans incidents; toutefois dès le 18, dans la matinée, l'ennemi apparut en grand nombre, et son mouvement se dessina bientôt dans le sens d'un effort suprême pour nous enlever la route de Briey, c'est-à-dire notre dernière voie de communication avec Verdun. Mais le corps du général Frossard (2e), celui du maréchal Lebœuf (3e) et celui du général Ladmirault (4e) lui opposèrent une résistance victorieuse jusqu'à cinq heures du soir.

C'est alors que l'objectif de Frédéric-Charles et de Steinmetz se fixa plus manifestement sur la position de Saint-Privat-la-Montagne, occupée par le 6e corps (Canrobert). L'ordre fut donné au commandant de la garde prussienne d'attaquer et d'enlever le village de ce nom. Mais les brigades eurent beau se précipiter à l'assaut avec une bravoure à laquelle il faut rendre hommage; assaillies par un feu meurtrier, elles furent obligées de reculer et d'attendre la coopération des Saxons.

Les Prussiens éprouvèrent alors une heure de cruelle angoisse, à tel point que l'ordre fut donné par eux de tout préparer aux abords des ponts de la Moselle, pour s'en assurer éventuellement le passage.

Leur ténacité indomptable devait triompher de cette épreuve. Les Saxons arrivèrent pour appuyer la garde, avec le 10e corps, et, grâce à un mouvement tournant, Saint-Privat fut enlevé à neuf heures du soir. Le brave maréchal Canrobert, contraint de plier, voulait toujours continuer la lutte; il ne fallut rien moins que l'intervention de ses aides de camp pour le décider à quitter le champ de bataille. Hélas! tout était fini, et les Prussiens entraient en possession des hauteurs qui commandent la route de Briey; ils nous avaient refoulés des lignes d'Amanvilliers.

Cette bataille, qui porte le nom de Saint-Privat, marque le suprême effort des armées allemandes, 2ᵉ et 1ʳᵉ, en tout 230,000 hommes, contre le maréchal Bazaine. Le roi Guillaume et le prince Frédéric-Charles y commandèrent en personne une partie de la journée, et y jouèrent pour ainsi dire leur dernière partie. Ils ne la gagnèrent qu'au prix des plus grands sacrifices. La 2ᵉ armée avait perdu 520 officiers et environ 13,000 hommes ; quant à celle de Steinmetz, elle avait autant souffert proportionnellement. En un mot, les Prussiens avaient en ce jour-là plus de 20,000 hommes hors de combat. Mais le résultat obtenu était considérable, sinon définitif, puisque l'armée du Rhin se trouvait désormais coupée pour plusieurs jours de toute communication avec Verdun, et empêchée par conséquent de faire en temps opportun sa jonction avec la deuxième armée en formation à Châlons.

Le maréchal Bazaine avait-il fait de son côté un effort analogue à celui de l'ennemi ? Il est permis d'en douter. Ainsi, une des circonstances qui contribuèrent le plus dans cette fatale journée au succès des Prussiens, ce fut l'insuffisance de notre artillerie. Or, la réserve générale de cette arme, qui s'élevait à seize batteries ; la réserve de la garde, qui était campée autour de Plappeville ; ces diverses ressources qui eussent été si efficaces pour appuyer le maréchal Canrobert, n'ont pas été utilisées. Pourquoi ? l'action de quatre-vingt-deux bouches à feu était-elle donc indifférente dans une pareille conjoncture ?

Un autre fait à noter. Nous avons vu plus haut que le roi de Prusse et le prince Frédéric-Charles avaient exercé le commandement en personne dans la journée du 18. Le maréchal Bazaine ne crut pas devoir suivre cet exemple. Retiré dès la veille à Plappeville, il ne pouvait être, de là, qu'insuffisamment en communication avec ses chefs de corps, puisque dix kilomètres le séparaient de Saint-Privat.

Payant de sa personne le 18, comme il l'avait fait le 14 et le 16, et mieux à portée de toutes les péripéties nécessairement très-nombreuses d'une bataille aussi développée, serrant en un mot le commandement en chef, dont il avait la responsabilité, le maréchal pouvait, pensons-nous, tenir en échec les Prussiens à Saint-Privat, comme ailleurs. Pour une raison ou pour une autre, il préféra ne pas paraître.

Ajoutons en terminant qu'à la bataille de Saint-Privat nos pertes furent beaucoup moins considérables que celles de l'ennemi : les siennes s'élevèrent à plus de 20,000 hommes, tandis que les nôtres ne dépassèrent pas le chiffre de 12,273 combattants, parmi lesquels les généraux de Galberg, Henry, Bellecourt, Colin et Pradier blessés, Plombin disparu, et 589 officiers.

La retraite du 6ᵉ corps, battu à Saint-Privat-la-Montagne, s'accomplit, dans la soirée du 18 août, au milieu du plus grand désordre. **Le maréchal Bazaine fit immédiatement passer aux commandants** de corps une instruction dans laquelle il les informait de l'obligation où venait de se trouver le maréchal Canrobert d'abandonner, par la route de Briey, la position qu'il n'avait pu défendre, et leur annonçait, pour la nuit même, des ordres en vue des nouvelles positions que l'armée aurait désormais à occuper.

Ces ordres furent expédiés, en effet, quelques heures après. Ils portaient que, dès le matin du 19, le 2e et le 3e corps auraient à se replier, l'un sur le versant sud du Saint-Quentin, à gauche de Longeville, et l'autre sur le plateau de Plappeville, sa gauche à Lessy ; le 4e s'établirait sur le contre-fort du Coupillon ; le 6e, au château de Sansonnet, en avant du saillant nord du fort de Moselle ; la garde impériale, sur les pentes est de Saint-Quentin, vers le Ban-Saint-Martin, et la cavalerie de réserve, dans l'île Chambière. Quant au maréchal, il avait déjà établi son quartier-général définitif au Ban-Saint-Martin.

Beaucoup d'auteurs compétents font remarquer que, par l'envoi prématuré de ces ordres, le maréchal Bazaine complétait la victoire des Prussiens. Il leur abandonnait des positions qu'ils n'avaient point conquises, et qui allaient leur permettre de réaliser, sans coup férir, l'investissement immédiat de Metz sur un périmètre de 36 à 38 kilomètres. Cette observation est particulièrement juste pour la retraite des 2e et 3e corps qui n'avaient pas perdu un pouce de terrain dans la journée du 18, et qui durent céder ainsi une ligne de hauteurs très-précieuses pour l'ennemi [1].

Le lendemain 19, le mouvement prescrit dans la nuit par le maréchal s'exécuta sans difficulté notable, mais à la grande surprise des soldats. Le maréchal s'occupa ensuite de rendre compte à l'empereur de la bataille du 18, et il le fit dans une dépêche télégraphique qui a été souvent citée. Après avoir expliqué les circonstances à la suite desquelles l'armée de Metz avait été ramenée en arrière, et constaté qu'il était indispensable de lui laisser deux ou trois jours de repos, le maréchal ajoutait : « Je compte toujours prendre la direction du Nord et me rabattre ensuite par Montmédy sur la route de Sainte-Menehould à Châlons, si elle n'est pas fortement occupée ; dans le cas contraire, je continuerai sur Sedan et même Mézières, pour gagner Châlons. »

Nous prions nos lecteurs de bien retenir la date et les termes de cette dépêche, qui jouera plus tard un grand rôle dans ce récit.

1. C'est ici le lieu de constater que, par suite des batailles de Borny, Gravelotte et Saint-Privat, la place de Metz s'était trouvée encombrée de plus de 15,000 blessés. Ce nombre devait s'accroître encore par les maladies, et il s'éleva plus tard jusqu'à 20,000. Nous ne pouvons faire mention de ces misères inséparables de la guerre sans rendre hommage au zèle et au dévouement sans bornes dont les habitants, et particulièrement les femmes de Metz, firent preuve dans ces pénibles circonstances. Dames du monde, ouvrières, toutes ont rivalisé de charité dans les ambulances improvisées de la place

Quoi qu'il en soit, elle semblait indiquer que le maréchal Bazaine était résolu à reprendre prochainement l'offensive, et à ne pas se laisser acculer devant une place forte où l'impossibilité de se ravitailler ne tarderait pas à se produire, s'il persistait dans une inaction fâcheuse.

Dans cet ordre d'idées, la première chose à faire était de garder la communication qui lui restait encore avec Thionville par le chemin de fer. Or, la compagnie de l'Est était disposée à reprendre immédiatement le service sur cette ligne, à la condition d'avoir à sa disposition des troupes en quantité suffisante pour protéger la marche de ses convois. En second lieu, le maréchal devait être d'autant plus empressé à accueillir une pareille proposition, qu'il s'était réservé formellement, dans sa dépêche à l'empereur, la route du Nord pour effectuer son mouvement vers Châlons à la fin du mois d'août. Mais il n'ordonna aucune mesure, et la compagnie de l'Est dut suspendre ses trains, faute de protection contre la cavalerie ennemie, dès le 20 août. Ce jour-là, l'armée de Metz reçut le dernier courrier de France, il était daté du 15 août !

Et pourtant, ce même jour, le maréchal Bazaine confirmait encore, par une nouvelle dépêche au maréchal Mac-Mahon, son intention de sortir bientôt de Metz. Il lui disait : « L'ennemi grossit toujours autour de nous, et je suivrai probablement, pour vous rejoindre, la ligne des places du Nord; je vous préviendrai de ma marche, si je puis toutefois l'entreprendre sans compromettre l'armée. »

Les évaluations du maréchal sur les forces de l'ennemi autour de Metz étaient inexactes, mais ses projets de sortie répondaient à la vérité de la situation, car dès le lendemain de la bataille de Saint-Privat, les Allemands avaient sensiblement diminué l'effectif des armées qui avaient combattu la nôtre le 18. Les 4e et 12e corps prussiens, ainsi que la garde, étaient devenus le noyau d'une quatrième armée, dite de la Meuse, et chargée d'opérer contre Paris avec celle du prince royal. Quant à la sortie projetée par le maréchal Bazaine, le principe en était accepté par tous les officiers, mais cependant une forte minorité inclinait à penser qu'une marche vers le Nord présentait de grands inconvénients, et qu'il serait préférable de se porter par la route du sud-est au secours de Strasbourg, d'en faire lever le siège et de délivrer l'Alsace. Néanmoins, l'armée était prête à tout et ne demandait, quelle que fût la décision du commandant en chef, qu'à sortir de son immobilité.

Une dernière question se pose ici. A la date du 20 août, quelle était la situation des vivres à Metz? L'intendant général, M. Wolff, était parti le 17 pour une mission à l'intérieur, mais il n'avait pu revenir, les routes étant fermées depuis le 19. En son absence, ses fonctions étaient remplies alors par un sous-intendant, qui établissait ainsi le compte des approvisionnements. En supposant un effectif de 200,000 hommes et de 50,000 chevaux, il déclarait avoir du blé, de la farine et du sucre pour quinze jours, du café pour vingt-six jours, du sel pour six jours, de l'eau-de-vie pour huit jours, de l'avoine pour douze jours [1]. Cette situation, très-approximative, exagérait le nombre des rationnaires, mais elle supposait évidemment que le commandant en chef ne perdrait pas une minute pour se ravitailler dans la contrée autour de Metz. Il ne le fit pas, ou il ne le fit qu'incomplétement, et c'est là une nouvelle et grave responsabilité qui pèse sur lui.

Quant à la place de Metz, il était constaté qu'en cas de départ de l'armée, elle avait pour cinq à six mois de vivres. Les magasins militaires contenaient 40,000 quintaux de farine, 1,000 quintaux de riz, 770 quintaux de lard, 550 bœufs, du vin et de l'eau-de-vie en abondance. La population civile possédait de son côté des ressources très-variées et 22,000 quintaux de blé et farines.

Comme nous l'avons vu plus haut, le maréchal Bazaine avait pris l'engagement, vis-à-vis de l'empereur et de l'armée, de ne pas s'immobiliser autour de Metz et de tenter prochainement une sortie par la route de Thionville. L'insistance avec laquelle il signalait les forces grossissantes de l'ennemi dans le rayon d'investissement de la place, était sans doute calculée pour frapper les yeux sur la difficulté de l'entreprise projetée par lui, mais en réalité elle ne reposait sur aucun fondement, les Prussiens ayant, au contraire, après la bataille de Saint-Privat, comme nous l'avons vu plus haut, reporté du côté de la Meuse plusieurs corps de troupes qui avaient pris part à cette journée.

Quoi qu'il en soit, le 25 août, le maréchal prescrivit à l'armée de se rassembler le lendemain 26 sur la rive droite de la Moselle. L'objectif, bien qu'il s'agît d'une opération offensive, ne fut pas désigné. Conformément à ces instructions, le 3e corps s'établit dès le matin en face des positions de Servigny et de Noisseville; mais, après avoir enlevé le bois de Colombey, il dut attendre de nouveaux ordres. Ceux-ci ne vinrent pas aussitôt qu'il les attendait, le passage de la Moselle par les corps de la rive gauche ayant exigé beaucoup de temps. Le maréchal dit que ce fut la faute d'une tempête épouvantable qui sévit ce jour-là, dans la matinée, et qui rendit impossible l'exécution précise du mouvement commandé. Le fait est que, dès une heure de l'après-midi, tous les commandant de corps et le commandant supérieur de la place de Metz furent convoqués au quartier général établi alors à la ferme de Grimont. Là, le maréchal Bazaine exposa la situation à ses lieutenants et leur demanda s'il n'était pas convenable, jusqu'à nouvel ordre, de se maintenir sous Metz, où l'on retenait une armée ennemie de 200,000 hommes, ce qui permettait aux autres armées de la France de s'organiser.

1. *Journal d'un officier de l'armée du Rhin*, par le colonel Faye, p. 117.

Comme nous verrons plusieurs convocations de ce genre au cours de ce récit, on pourrait croire que ces réunions de généraux ont un caractère officiel, susceptible de lier le chef de l'armée. Il n'en est rien. Aucun règlement militaire ne parle de ces sortes de conseils. Un général en chef est toujours seul maître et responsable de ses résolutions. Il reste libre de consulter ses lieutenants, soit isolément, soit collectivement, mais sans que l'opinion des inférieurs ait jamais le pouvoir de dégager le commandant en chef. Ceci dit, reprenons la suite de notre récit.

Tous les chefs de corps eurent à faire connaître successivement leur opinion sur la question qui leur était posée. Que répondirent-ils ? Nous ne le savons que par un seul compte rendu ; mais celui-ci, pour émaner du maréchal Bazaine lui-même, n'a cependant rien d'officiel.[1] Voici, néanmoins, le résumé qu'il donne des avis exprimés par les généraux présents à la conférence.

LE GÉNÉRAL SOLEILLE, *commandant l'artillerie de l'armée.* — L'armée du Rhin est appelée à jouer un rôle à la fois militaire et politique. Militairement, sa position est celle que Napoléon voulait prendre en 1814. En admettant une série de revers pour nos armes et l'obligation de traiter avec la Prusse, la possession de Metz et la présence de l'armée du Rhin dans le camp retranché qu'elle occupe, sauvegarderaient peut-être à la France la possession de la capitale de la Lorraine. D'ailleurs, nos ressources en munitions sont fort restreintes et ce qui convient, c'est de se borner à faire de fréquentes pointes sur le périmètre des lignes ennemies, pour les tenir en haleine et entretenir le moral de l'armée.

LE GÉNÉRAL FROSSARD, *commandant le 2e corps.* — L'armée du Rhin, à la suite des fatigues qu'elle a éprouvées, est plus propre à la défensive qu'à l'offensive. Après un nouvel insuccès, il serait impossible de la maintenir. Pour le reste de la question, il adhère à l'opinion exprimée par le général Soleille.

LE MARÉCHAL LEBŒUF, *commandant le 3e corps.* — Si on compare le résumé de l'opinion du maréchal Lebœuf, tel qu'il est donné par le maréchal Bazaine, à la déposition de l'ancien ministre de la guerre devant la commission d'enquête des actes du Gouvernement du 4 septembre, on trouve des différences essentielles. D'après le maréchal Bazaine, le maréchal Lebœuf se serait appliqué à décliner toute responsabilité dans les événements actuels, et quant à conserver l'armée intacte, il se serait borné à demander comment la chose serait possible sans vivres. Dans sa déposition devant la commission d'enquête parlementaire sur les actes du Gouvernement de la Défense nationale, le maréchal Lebœuf est beaucoup plus affirmatif : « Je crois, dit-il, que le 26 on a manqué une occasion favorable de sortir du camp retranché de Metz. » Enfin, d'après d'autres renseignements, le maréchal, fort irrité des atta-

---

1. *L'Armée du Rhin,* par le maréchal Bazaine, p. 84.

ques qui lui venaient de Paris, s'attacha très-vivement et presque
uniquement à dégager sa responsabilité personnelle.

LE GÉNÉRAL DE LADMIRAULT, *commandant le 4ᵉ corps.* — Il
ne dit que quelques mots sans grande importance. Dans son compte
rendu, le maréchal Bazaine lui prête une seule phrase, qui serait
celle-ci : « Il est impossible d'entreprendre une affaire de longue
haleine, car à la première, on serait usé faute de munitions. »

LE MARÉCHAL CANROBERT, *commandant le 6ᵉ corps.* — Il se
prononce en faveur de l'immobilisation de l'armée du Rhin, mais
à la condition qu'il y aura de fréquentes sorties, pour frapper l'ennemi, le frapper partout.

LE GÉNÉRAL BOURBAKI, *commandant en chef de la garde impériale.* — D'après la version du maréchal Bazaine, le désir le plus
vif du général serait de faire un trou par Château-Salins et de se
donner de l'air, mais il reconnaît que, s'il n'y a pas de munitions,
on ne peut rien faire.

Nous ajouterons que les paroles du général Bourbaki ne durent
pas impressionner beaucoup la réunion, car il n'arriva à Grimont
que lorsque la conférence était déjà levée.

LE GÉNÉRAL COFFINIÈRES, *commandant supérieur de la place
de Metz.* — Il concède que les forts de Metz ne sont pas en état, pour
le moment, de protéger la ville, mais c'est à tort que le maréchal
Bazaine lui fait dire que la place est incapable de résister pendant
quinze jours à une attaque régulière. Même dans le cas où un
fort ou deux seraient tombés au pouvoir de l'ennemi, la place
de Metz, d'après ce général, pouvait se défendre. Son opinion était
que le camp retranché de Metz, étant pris comme pivot des manœu-
vres, on devait menacer continuellement les lignes d'opérations de
l'ennemi, combattre tantôt sur la rive droite, tantôt sur la rive
gauche, renouveler sans cesse les approvisionnements de la place,
et défendre la Lorraine avec une ténacité indomptable afin
d'entraver l'invasion. Les jours de trêve seraient utilisés pour
mettre en état de défense les forts ébauchés de Metz, qui n'avaient
pas une consistance suffisante.

Tel est le résumé des opinions qu'auraient exprimées les chefs de
corps de l'armée du Rhin, dans la conférence du 26 août, à la
ferme de Grimont. En ce qui regarde l'opération au milieu de
laquelle elle fut convoquée, il est difficile de ne pas faire observer
que le maréchal aurait dû, s'il voulait les consulter, réunir ses
chefs de corps dès le 25, et ne pas compliquer ainsi une entreprise
militaire d'une délibération laborieuse. Ensuite, malgré le soin
avec lequel il a relevé, dans les opinions de ses lieutenants, ce qui
pouvait être favorable à la sienne, et écarté ou adouci ce qui y était
contraire, on sent très-bien que la proposition de rester sous Metz
ne fut admise qu'à de certaines conditions qui n'ont pas été remplies, de telle sorte qu'un plan qui pouvait être bon devint funeste
dans la pratique. Le maréchal Lebœuf déclare au surplus qu'on

se sépara « sans avoir décidé d'une façon définitive qu'on resterait sous Metz. »

La question se pose d'ailleurs sous un autre aspect que nous allons examiner.

On sait que le maréchal Bazaine prétend se prévaloir des avis de ses commandants de corps, le 26 août, pour justifier son immobilité ultérieure sous Metz et l'abandon du plan primitif de jonction de son armée avec celle qui était alors en mouvement dans les plaines de la Champagne.

Mais à supposer que les commandants de corps eussent été aussi affirmatifs qu'on nous le dit dans un sens contraire à toute nouvelle marche en avant, ce qui est douteux, encore faudrait-il prouver que le maréchal Bazaine les avait mis préalablement au courant de sa correspondance avec le maréchal Mac-Mahon. Or, c'est ce qu'il ne paraît pas avoir fait.

Nos lecteurs connaissent la dépêche que le maréchal Bazaine expédia à l'empereur le lendemain de la bataille de Gravelotte, le 19 août. Dans cette dépêche il était dit : « Je compte toujours prendre la direction du Nord et *me rabattre ensuite par Montmédy sur la route de Sainte-Menehould et Châlons*, si elle n'est pas fortement occupée. Dans ce cas, *je continuerai sur Sedan et même Mezières pour gagner Châlons*. »

Cette dépêche fut remise à l'empereur le 22 août, au moment où le maréchal Mac-Mahon, très-opposé à la marche de son armée vers le nord-est, venait d'obtenir, contre le conseil des ministres, qu'elle serait ramenée sous les murs de Paris. Mais, en présence des avis formels du commandant en chef de l'armée du Rhin sous les ordres duquel il était placé, le maréchal Mac-Mahon ne put persister dans son projet, et, persuadé que son collègue allait se mettre en route dans la direction de Montmédy, il donna les ordres nécessaires pour se porter dès le lendemain 23 à la rencontre présumée de l'armée de Bazaine. Ses dispositions une fois arrêtées, il adressa à ce dernier, dans la même journée, la réponse suivante :

Le maréchal Mac-Mahon au maréchal Bazaine.

Reçu votre dépêche du 19. Je suis à Reims, je marche dans la direction de Montmédy. Je serai après-demain sur l'Aisne, d'où j'opérerai suivant les circonstances pour venir à votre secours.

Ainsi, le 19 août, le maréchal Bazaine fait savoir qu'il est résolu à se porter dans quelques jours vers Montmédy, et le maréchal Mac-Mahon immédiatement change son plan d'opérations pour aller au-devant de lui. Mais c'est lorsque cette combinaison, ordonnée par le maréchal Bazaine, est en train de se réaliser, que celui-ci décide tout d'un coup qu'il est plus convenable de rester sous Metz, et abandonne le projet d'une grande opération du côté du Nord. **A-t-il au moins prévenu le maréchal Mac-Mahon de ce changement ? A-t-il même informé, dans la conférence de Grimont, du**

26 août, ses commandants de corps de l'état de la question? En d'autres termes, leur a-t-il donné communication de sa dépêche à l'empereur, écrite le lendemain de la bataille de Saint-Privat, dépêche dans laquelle il annonce une tentative prochaine sur la route de Montmédy? Nous sommes peut-être mal informés, mais il nous semble évident que le maréchal Bazaine a présenté le problème de l'immobilisation sous Metz, comme entier, et comme n'étant nullement compromis dans un sens ou dans un autre par ses actes antérieurs, car si à la conférence de Grimont, le commandant en chef de l'armée du Rhin avait dit à ses lieutenants qu'il s'était engagé à marcher dans la direction de Montmédy, personne n'aurait songé à le détourner de ce projet.

Maintenant, à quelle date précise le maréchal Bazaine eut-il entre les mains la dépêche du maréchal Mac-Mahon du 22 août? Le maréchal Bazaine prétend qu'elle ne lui parvint que le 30 par la voie de Verdun, c'est-à-dire par l'un des émissaires à pied auxquels les autorités de cette ville l'avaient confiée, sur les ordres du maréchal Mac-Mahon. Elle put, en effet, arriver de cette façon à la fin du mois d'août, mais il est très-probable qu'elle avait été expédiée par d'autres chemins, et, dès lors, il faudrait démontrer qu'elle n'est pas parvenue au Ban-Saint-Martin beaucoup plus tôt par ceux-ci.

Nous n'hésitons pas à entrer à ce propos dans quelques détails. Les communications par le télégraphe et les voies ferrées étaient encore libres à cette époque entre Mézières et Thionville et offraient la voie la plus courte pour arriver à Metz. Cela est si vrai que le maréchal reçut, dans les derniers jours du mois d'août, une dépêche du commandant de Thionville l'informant des mouvements de l'armée de Mac-Mahon jusqu'au 27, et qui ne mit pas plus de quarante-huit heures pour effectuer ce trajet. Or, si le commandant de Thionville fut chargé de transmettre la dépêche du 22 août qui était bien autrement importante, comment concevoir qu'il n'ait pas trouvé, du 23 au 30, une combinaison pour la faire tenir à Metz, alors que, du 27 au 29, il a pu cependant communiquer sûrement avec le quartier-général du maréchal Bazaine? Nous ne prétendons pas, comme quelques auteurs, que, dès le 23 août, ce dernier ait été en possession de la dépêche de Reims qui lui annonçait la marche de Mac-Mahon; mais nous tenons hardiment pour très-probable que, s'il la reçut le 30 par un émissaire de Verdun, ce ne fut qu'en seconde copie, la première ayant dû lui être remise antérieurement.

Tout le monde comprendra l'importance de ces détails, qui ont joué un rôle si considérable dans les terribles événements du commencement de septembre. Il est établi en effet que, sans la dépêche du 19 août, qui lui parvint le 22, jamais le maréchal Mac-Mahon n'aurait consenti à la marche sur Sedan. Or, que sera-ce s'il est prouvé qu'après avoir commandé ce mouvement, et su qu'il s'opérait, le maréchal Bazaine n'a fait qu'un effort tardif et incomplet

pour se porter au-devant de son collègue sur la route si dange-
reuse où il l'avait attiré !

La dépêche du maréchal Mac-Mahon, apportée le 30 août au
commandant en chef de l'armée du Rhin, le décida à entreprendre
immédiatement une nouvelle sortie, par la route du Nord, dans
l'espoir de tendre bientôt la main à l'armée de Châlons, qui devait
se porter elle-même du côté de Montmédy. En conséquence, le
31 août au matin, l'armée de Metz fut commandée pour une attaque de la position de Sainte-Barbe, sur la rive droite de la Moselle. En cas de réussite, le maréchal songeait à gagner Thionville
par Bettainville et Redange. C'était la répétition exacte de a
manœuvre du 26. Ainsi, quatre jours après avoir pris en gran e
considération les avis de ses lieutenants, le commandant en chef
de l'armée du Rhin donnait des ordres diamétralement contraires, et
cette fois, avec le projet, probablement très-arrêté, de sortir de
Metz par la route du Nord. Alors pourquoi la conférence de Grimont?

Le mouvement commença le 31, à la pointe du jour. Les 2e et
3e corps étaient en position dès huit heures du matin, et l'ennemi recula immédiatement pour se concentrer, abandonnant les
villages de Noisseville, Nouilly et Montoy. Mais les ordres donnés au
général Frossard et au maréchal Lebœuf ne leur permettaient pas
de dépasser les emplacements qui leur avaient été assignés ; pour
le surplus, ils avaient à attendre des instructions complémentaires.
Ce ne fut guère que vers trois heures de l'après-midi que l'attaque,
qui aurait dû commencer à neuf heures du matin, se prononça
avec quelque intensité. Les Prussiens, prévenus de bonne heure
par nos premières démonstrations, n'avaient pas manqué de se ren-
forcer. Néanmoins, les troupes du 3e corps, avec un entrain admirable, réussirent à s'emparer de Servigny à la tombée de la nuit.
Il fallait continuer le mouvement et pousser résolûment en avant;
on le pouvait d'autant mieux que le 4e corps n'avait pas épuisé ses
réserves, que le 6e avait à peine combattu, que la garde et le
2e corps n'avaient pas donné, enfin que nous avions une nombreuse
cavalerie, parfaitement en mesure d'agir efficacement vers les routes
de Sarrebruck et de Sarrelouis.

Malgré tous ces éléments de succès, le maréchal Bazaine décida
que les troupes devaient s'arrêter, et il ajourna au lendemain matin
1er septembre la suite des opérations. Faute capitale, car les Prussiens, eux, devaient mettre à profit le temps qu'on leur laissait
si imprudemment pour faire venir des renforts. Le 31 août, nous
n'avions devant nous, du côté de Sainte-Barbe, que 60 à 70,000 hommes; mais le lendemain il n'en fut plus de même. L'attaque
de l'ennemi, commencée à cinq heures du matin, devint de plus
en plus énergique; une division du 2e corps, lequel avait été
placé, pour la circonstance, sous les ordres du maréchal Lebœuf,
commandant du 3e corps, lâcha pied sur ces entrefaites, et le maréchal Bazaine, regardant l'affaire comme définitivement compro-

mise, ordonna la retraite à partir de onze heures. Le 3e corps, qui fut le plus engagé dans ces deux journées, avait subi les deux tiers des pertes totales.

L'opération nous coûta 3,547 hommes, dont les généraux Montaudont, Osmont, Lafaille, grièvement blessés, Manèque, mort des suites de ses blessures, et 142 officiers.

Tel est l'effort dont le maréchal Bazaine crut pouvoir se contenter le 31 août et le 1er septembre pour se porter au-devant du maréchal Mac-Mahon. L'ennemi eut peine à en croire ses yeux, et le 1er septembre à midi il confesse qu'il s'attendait encore à quelque entreprise bien autrement considérable, sachant que des forces importantes de notre côté n'avaient pas combattu jusque là. Ce ne fut qu'à deux heures de l'après-midi que le prince Frédéric-Charles, au dire de ses rapports officiels, crut à l'abandon de tout projet de nouvelle offensive de la part du maréchal Bazaine.

Est-il besoin d'ajouter qu'au moment où ce dernier renonçait à combattre, l'armée du maréchal Mac-Mahon, engagée dans une marche des plus périlleuses par la perspective de tendre la main à l'armée du Rhin, se faisait acculer dans Sedan, et allait mettre bas les armes, en exécution de la plus douloureuse et de la plus imprévue des capitulations?

Ici s'achève la première partie de ce travail, celle qui comprend la période des grandes opérations de l'armée de Metz. Nous avons signalé au cours du récit les lacunes et les fautes du commandant en chef durant cette période. Un mot les résume toutes : le maréchal Bazaine ne semble jamais avoir eu l'idée de s'éloigner de Metz. La marche sur Verdun lui avait été imposée, il ne l'avait pas acceptée. Au 17 août, il aurait pu, croyons-nous, l'accomplir ; au 18, il avait encore les moyens de tenir l'ennemi en échec et il laissa s'effectuer l'investissement ; enfin, au 31 août, il ne fit qu'une démonstration militaire et non une opération pour percer les lignes prussiennes. L'idée d'attendre, de gagner du temps, de réserver l'avenir, faisait chaque jour des progrès plus marqués dans son esprit ; que sera-ce lorsque la reddition de Napoléon III et sa captivité auront amené la chute de l'Empire et la proclamation de la République?

II

LA PÉRIODE DÉFENSIVE ET EXPECTANTE
LES NÉGOCIATIONS POLITIQUES

(4 septembre — 7 octobre)

La première question qui se pose au début de la seconde partie de ce récit, c'est celle de savoir à quelle époque le maréchal Bazaine fut informé d'une façon complète des événements militaires survenus à Sedan, le 2 septembre, et des événements politiques accomplis à Paris le surlendemain 4 septembre. Cette question a une grande importance pour fixer la date précise à laquelle le commandant en chef de l'armée du Rhin se crut fondé à entrer résolûment dans une attitude expectante, et à attendre les événements pour lesquels il s'était réservé.

Voici, d'après nos renseignements, par quelle série d'incidents les graves nouvelles mentionnées plus haut arrivèrent à la connaissance du quartier-général, puis des chefs de l'armée, et enfin de l'armée et de la population. Dans la nuit du 3 au 4 septembre, on entendit distinctement dans le camp prussien des hourrahs très-bruyants. Puis, dans la journée, le bruit se répandit vaguement que le maréchal Mac-Mahon avait été battu une seconde fois par le prince royal de Prusse. Mais ces rumeurs, à la source desquelles il était fort difficile de remonter, se présentaient sous une forme encore insaisissable.

Trois jours après, le 7 septembre, les Prussiens ayant renvoyé à l'armée de Metz 700 prisonniers, à la suite d'une convention d'échange, ceux-ci annoncèrent que l'armée du maréchal Mac-Mahon avait eu des engagements très-sérieux les 28 et 30 août, puis qu'une grande bataille s'était livrée le 1er septembre autour de Sedan, où les Français avaient été enveloppés et battus. Nos compatriotes, capturés avant la fin de la journée, n'avaient pu, sur l'heure, en connaître les résultats; mais en passant plus tard à travers les lignes prussiennes, ils y avaient appris que l'armée entière avait été enveloppée, et que l'empereur avait rendu son épée et sa personne au roi Guillaume.

Les prisonniers porteurs de ces graves nouvelles furent immédiatement incorporés dans la division Laveaucoupet, qui constituait, depuis le 14 août, la garnison de la place. Le maréchal voulait par là les soustraire au contact de l'armée du Rhin, au milieu de laquelle leurs récits auraient pu porter le découragement.

Enfin, le 11 septembre, un officier français, fait prisonnier à Sedan, arriva à Metz, en vertu également d'une convention d'échange. Celui-ci confirma dans les termes les plus précis la catastrophe du 1er septembre; il y ajouta des détails non moins catégoriques sur la révolution du 4 septembre, le départ de l'Impératrice et de son fils pour l'Angleterre, et enfin la constitution d'un gouvernement provisoire dans lequel M. Jules Favre était entré comme ministre des affaires étrangères. Dès le lendemain, les maréchaux et les généraux de division furent convoqués au quartier général pour y apprendre de la bouche du maréchal la succession des tristes événements qui précèdent. Puis, le maréchal Bazaine écrivit au prince Frédéric-Charles une lettre dans laquelle il lui demandait des éclaircissements officiels sur tous les faits dont il vient d'être question. Le commandant en chef de l'armée d'investissement répondit à cette demande par la lettre suivante, en date du 16 septembre :

LE PRINCE FRÉDÉRIC CHARLES AU MARÉCHAL BAZAINE

Quartier-général, devant Metz, 16 septembre.

Je regrette de ne pouvoir répondre qu'en ce moment, par suite d'une excursion, à la lettre de Votre Excellence. Les renseignements que vous désirez avoir sur le développement des événements en France, je vous les communique volontiers, ainsi qu'il suit :

Lorsque, après la capitulation de l'armée du maréchal de Mac-Mahon, près de Sedan, S. M. l'empereur Napoléon se fut rendu personnellement à S. M. mon seigneur et roi, l'empereur a déclaré ne pouvoir entrer en négociations politiques, parce qu'il avait laissé la direction politique de la régence à Paris.

L'empereur se rendit ensuite, comme prisonnier de guerre, en Prusse et choisit le château de Wilhelmshöhe, près de Cassel, pour son séjour. Deux jours après la capitulation, survint, hélas ! à Paris, un bouleversement qui établit, sans répandre de sang, la République à la place de la régence. Cette République ne prit pas son origine au Corps législatif, mais à l'Hôtel-de-Ville et n'est pas d'ailleurs reconnue partout en France. Les puissances monarchiques ne l'ont pas reconnue non plus. S. M. le roi a continué sa marche, de Sedan à Paris, sans rencontrer de forces militaires françaises devant elle. Nos armées sont arrivées aujourd'hui devant cette ville.

Quant à la composition et aux tendances du nouveau Gouvernement installé à Paris, l'extrait suivant d'un journal vous en donnera les détails.

Du reste, Votre Excellence me trouvera prêt et autorisé à lui faire toutes les communications qu'elle désirera.

Signé : FRÉDÉRIC-CHARLES.

Il y a une observation à faire sur cette lettre, c'est que, sous son apparence calme et impartiale, elle contient plusieurs mots évidemment calculés pour porter le trouble dans l'esprit du maréchal Bazaine, soit en lui dépeignant la situation sous des couleurs peu exactes, soit en attirant son attention sur la possibilité de négocier. Lorsqu'il affirmait que la République du 4 septembre n'était pas reconnue par toute la France, le prince Frédéric-Charles commettait une grave erreur. Qu'elle fût une faute politique ou un événement inévitable, la révolution du 4 septembre s'était accomplie sans résistance. Sur aucun point du territoire il n'y avait eu de tentative pour défendre l'empire; par conséquent, le Gouvernement de la Défense nationale avait été accepté par toute la nation immédiatement et sans efforts.

Le maréchal Bazaine dut croire, par la lettre du prince Frédéric-Charles, qu'il en était autrement, que la France était tombée dans l'anarchie et les dissensions civiles, et qu'enfin la continuation de la guerre dans de pareilles conditions devenait impossible. Mais si quelque chose pouvait le fortifier dans cette conviction, c'était la dernière phrase de la lettre du prince, dans laquelle celui-ci se disait *prêt et autorisé* à toutes les communications qu'on lui demanderait. Sa suggestion était évidente, et le maréchal Bazaine ne manqua pas de la comprendre dans ce sens que, s'il voulait traiter, on l'écouterait. Nous verrons plus tard que le prince Frédéric-Charles n'avait pas trop présumé, par les habiletés qui précèdent, des tendances d'esprit du commandant en chef de l'armée du Rhin.

Les premières semaines qui suivirent le combat de Sainte-Barbe ne furent marquées par aucun événement militaire. Concentrée autour de Metz, dans ses campements, l'armée paraissait condamnée de plus en plus à l'inactivité par les préoccupations de son chef. Quant à celui-ci, en même temps qu'il s'efforçait de se renseigner sur les événements survenus en France depuis le 2 septembre, il devait également chercher à utiliser toutes les ressources qui pouvaient être à sa disposition afin d'assurer la nourriture de ses troupes et de leurs chevaux. Les approvisionnements, peu nombreux, mal établis dans l'armée de Metz, auraient été facilement augmentés, si le maréchal avait su, entre le 15 et le 26 août, mettre à profit la campagne de la Lorraine, si fertile à cette époque de l'année. Mais, soit indifférence, soit oubli, il ne fit rien dans ce but, et, dès les premiers jours du mois suivant, il fallut déjà serrer le rationnement. Le foin fut complétement supprimé aux chevaux de cavalerie, et, pour les troupes, la viande de bœuf, remplacée par celle de cheval, à 350 grammes par homme. Dès le 5 septembre, la situation des magasins de Metz était celle-ci : 25,000 quintaux de blé ou de farine, soit environ la consommation d'un mois, à 500 grammes par jour pour chaque rationnaire. A ce compte, la résistance passive de l'armée du Rhin paraissait donc pouvoir se prolonger jusque vers le milieu d'octobre, ce qui laissait environ six semaines au maréchal pour attendre les événements en vue desquels il avait l'intention de se réserver.

Le maréchal Bazaine dit qu'il fit à ce moment tous ses efforts pour se mettre en communication avec le nouveau Gouvernement. Il cite notamment la dépêche envoyée par lui au ministre de la guerre, le 15 septembre, et dans laquelle il réclamait des nouvelles exactes sur ce qui se passait en France, ajoutant que, pour lui, il était entouré de forces considérables qu'il avait vainement essayé de percer les 31 août et 1er septembre précédents. Cette dépêche dut, croyons-nous, parvenir à son adresse, mais il faut avouer qu'elle n'était pas de nature à engager beaucoup les sentiments de son auteur. S'il y avait difficulté pour le maréchal Bazaine à communiquer avec l'intérieur de la France, à plus forte raison celui-ci ne se rendait-il pas compte de la réalité des choses lorsqu'il demandait si instamment au Gouvernement de la Défense nationale d'entrer en communication avec lui. Une armée investie réussit quelquefois à porter au dehors des renseignements sur sa position : les ballons l'y aident ; mais il n'en est pas de même lorsqu'il s'agit d'établir des correspondances d'un territoire libre à un territoire occupé, car dans ce cas il faut que les correspondances envoyées pénètrent sur un point déterminé, dans un rayon de quelques kilomètres au plus, sous peine de ne pas arriver à leur destination.

Quant au Gouvernement de la Défense nationale, il demeure établi qu'il mit tout en œuvre pour communiquer avec le maréchal Bazaine. Il n'y parvint probablement pas, nous en convenons, mais ce n'est pas sa faute, et l'ancien commandant en chef de l'armée du Rhin serait mal venu à s'en plaindre et encore moins à s'en prévaloir pour justifier la liberté d'action qu'il a gardée, jusqu'au dernier moment du siége de Metz, vis-à-vis des autorités militaires de Paris et de Tours. Nous allons plus loin : nous prétendons que si le maréchal Bazaine n'avait pas eu, par devers lui, des incertitudes sur la nature de ses devoirs, après la chute de l'Empire, il ne se serait pas borné à écrire la dépêche suivante au ministre de la guerre, le 15 septembre :

Il est urgent pour l'armée de savoir ce qui se passe à Paris et en France Nous n'avons aucune communication avec l'extérieur, et les bruits les plu étranges sont répandus par des prisonniers que nous a rendus l'ennemi, qu en propage également de nature alarmante.

Ce qui était urgent, c'était que l'armée de Metz, vigoureusement commandée, ne fût pas immobilisée autour d'une place forte, et se livrât contre l'ennemi à des attaques incessantes au lieu de l'attendre passivement. S'il avait été dans les sentiments qu'on lui supposait, le maréchal Bazaine n'aurait pas manqué de déclarer que, quelles que fussent les circonstances politiques, il resterait dévoué à la France et préoccupé, avant tout, de se battre contre l'envahisseur. Or, cet engagement, il a évité de le prendre et cela dans des vues difficiles à expliquer.

Persuadé que le rôle militaire de l'armée de Metz était terminé depuis le 4 septembre, et bien plus attentif à avoir des nouvelles de France qu'à faire des sorties contre les Prussiens qui l'investissaient, le maréchal Bazaine ne pouvait tarder longtemps à tomber dans le piége des négociations politiques. C'est ici que se place l'épisode très-curieux de l'agent Regnier, que nous allons raconter sommairement.

Régnier, Français d'origine, était établi en 1870 à Hastings, près de Londres. A peine, l'impératrice Eugénie et son fils, chassés par la révolution du 4 septembre, furent-ils débarqués en Angleterre, que Regnier s'offrit comme intermédiaire pour négocier la paix entre les Prussiens et l'Empire. Ses propositions furent nettement déclinées, et Regnier alors imagina de se rendre à Wilhelmshohe, où Napoléon III était retenu prisonnier, et il insista pour que le prince impérial consentît à apposer sa signature au bas d'une grande photographie et de deux vues stéréoscopiques d'Hastings, que Regnier remettrait à l'Empereur. Le jeune prince se prêta à la réalisation de ce désir, et sur l'une des trois photographies il écrivit les mots suivants : « Mon cher papa, je vous envoie ces vues d'Hastings, j'espère qu'elles vous plairont. »

Ceci se pasait le 17 septembre 1870. Une fois en possession de ce qu'il voulait, Regnier partit immédiatement pour Ferrières, où le quartier général du roi de Prusse était établi alors. Il y arriva le 20, pendant que M. Jules Favre, qui s'y était rendu de son côté, venant de Paris, négociait lui-même avec M. de Bismarck les conditions d'un armistice.

Immédiatement, Regnier demande une audience au chancelier allemand qui la lui accorde. Au mépris de la vérité et de la vraisemblance, Regnier se dit envoyé par l'impératrice avec des pleins pouvoirs pour traiter ; mais invité à s'expliquer sur la nature et l'authenticité de ces pleins pouvoirs et n'ayant à sa disposition que les photographies dont nous avons parlé plus haut, il ne tarde pas à être pris par M. de Bismarck pour ce qu'il est, c'est-à-dire pour un homme placé dans les meilleures conditions pour agir sur l'esprit du maréchal Bazaine et l'entretenir dans son inertie militaire. On lui offre donc un sauf-conduit avec lequel il voyagera dans tous les pays occupés par les troupes allemandes, et un télégramme, qui arrivera avant lui au quartier-général du prince Frederic-Charles, lui facilitera l'entrée de Metz. Là, il verra le maréchal Bazaine, et lui proposera de s'entendre avec l'impératrice pour traiter de la paix : dans le cas où ses ouvertures seraient accueillies, un des chefs de corps de l'armée du Rhin, Canrobert ou Bourbaki, serait autorisé à franchir les lignes prussiennes et à se rendre, sous un déguisement, auprès de l'épouse de Napoléon III, en Angleterre. Toutes ces conditions sont réglées et acceptées ; et Regnier quitte Ferrières, le 21 septembre, avec son sauf-conduit dans la direction de Metz.

Le surlendemain, 23 septembre, il arrive au quartier général du prince Frédéric-Charles, à Corny. Le prince, prévenu par M. de Bismarck, accueille avec empressement Regnier et l'autorise à continuer sa route vers les lignes françaises. Enfin, dans la soirée du même jour, Regnier se présente aux avant-postes de la 1re division du 4e corps, à Moulins-les-Metz ; il demande à être conduit au Ban-Saint-Martin et il s'annonce au maréchal Bazaine, comme un courrier de l'empereur, vers huit heures et demie.

Que se passa-t-il dans cette première conférence ? Dans son livre intitulé : *L'Armée du Rhin*, le maréchal déclare qu'une fois seul avec lui, Regnier, après avoir décliné son nom, lui dit être autorisé par M. de Bismarck à la démarche qu'il faisait et venir au nom de l'impératrice demander à M. le maréchal Canrobert ou à M. le général Bourbaki de se rendre auprès d'elle en Angleterre. Comme il n'était pas possible de voir ces deux chefs de corps dans la soirée, Regnier dut accepter de revenir le lendemain, et, au moment où il allait quitter le maréchal Bazaine pour être reconduit aux avant-postes, il se prit à regretter qu'un traité ne fût pas intervenu pour mettre fin à la guerre, après les événements de Sedan, et il ajouta :

La présence et l'entretien des troupes allemandes sur le territoire étaient une ruine pour la France ; un armistice était à désirer, comme point de départ de négociations de paix. L'armée du Rhin, la seule armée française encore debout, si elle avait sa liberté, offrirait des garanties d'ordre général suffisantes aux gouvernements allemands, pour que ceux-ci pussent entrer en pourparlers ; seulement, il était à craindre que les Prussiens n'exigeassent en gage la remise de la place de Metz.

Que répondit le maréchal Bazaine à cette ouverture ? Il va nous le dire lui-même :

Je répondis que je jugeais la paix raisonnable ; que l'armée du Rhin était certainement en état de garantir le pays contre ses propres excès, et partant de faire respecter les décisions du gouvernement de la France ; mais qu'elle ne saurait acquérir sa liberté qu'à la condition de sortir avec les honneurs de la guerre, c'est-à-dire avec armes et bagages et dans des conditions morales qui lui permissent de conserver son autorité au milieu de la nation ; qu'en tous cas, Metz était en dehors de la question, cette place de guerre ayant son gouverneur indépendant, car il avait reçu son mandat directement de l'empereur.

Cette dernière phrase est rigoureusement conforme aux vrais principes et à la loi. Si l'armée partait, la place de Metz et son gouverneur restaient indépendants. Mais il ne faudrait pas en induire que cette indépendance existât ni en fait ni en droit, tant que l'armée du Rhin campait autour de Metz. Dans cette situation, le général en chef était seul responsable de l'armée et de la place, en vertu du décret du 13 octobre 1863.

Après la conversation que nous venons de rapporter plus haut, Regnier quitta le maréchal Bazaine le 23 septembre, assez tard dans la soirée, et regagna les lignes prussiennes. Dès le 24 au matin, il se présentait, pour la seconde fois, au quartier-général du prince Frédéric-Charles, à Corny, et lui racontait le résultat de son entretien de la veille avec le commandant en chef de l'armée du Rhin. Mais en apprenant que celui-ci ne voulait pas comprendre la place de Metz dans les arrangements relatifs aux troupes placées sous ses ordres, le prince ne put s'empêcher de faire observer qu'une entente serait bien difficile, pour ne pas dire impossible.

Regnier n'en fut pas moins autorisé par lui à se rendre de nouveau à Metz, et le 24, dans la journée, il vit une seconde fois au Ban-Saint-Martin le maréchal Bazaine, qui le mit en relations successivement avec les deux chefs de corps, auxquels il s'agissait de faire la proposition de se rendre à Londres, pour obéir à une prétendue injonction de l'impératrice. Le maréchal Canrobert, auquel Regnier s'adressa d'abord, refusa nettement, en prétextant que sa santé lui défendait d'entreprendre un voyage aussi pénible. Le général Bourbaki, moins en éveil contre le piége qu'on tendait à sa loyauté et croyant sincèrement à la mission de Regnier, fit peu de résistance et accepta.

Immédiatement, le maréchal Bazaine le pourvut de recommandations verbales qu'il résume en ces termes :

Exposer à l'impératrice la situation morale et militaire de l'armée sous Metz ; savoir dans quelle position diplomatique et politique se trouvait le gouvernement de la Régence, et, si ce gouvernement n'existait plus, demander à l'impératrice de nous relever de notre serment.

En même temps, le général Bourbaki, qui tenait à voir sa situation militaire régularisée, recevait l'autorisation suivante :

Metz, 25 septembre 1870.

L'impératrice régente désirant avoir auprès d'elle M. le général Bourbaki, cet officier est autorisé à se rendre auprès de Sa Majesté.

Signé : BAZAINE.

Tous ces détails une fois réglés, il restait à assurer le départ du général Bourbaki. Les Prussiens, qui étaient dans le secret de son voyage, ne songeaient nullement à y mettre obstacle ; mais il fallait ménager l'honneur militaire du brave général, qui n'aurait pas consenti à remplir une mission de cette nature, d'accord avec l'ennemi. Il fallut donc lui persuader qu'il réussirait à tromper sa vigilance en s'affublant du costume de membre de la Société internationale de secours aux blessés. Justement, sept médecins luxembourgeois, appartenant à cette Société, demandaient depuis quelque temps à quitter Metz, et l'autorité allemande avait fait savoir, par l'organe de Regnier, qu'elle ne s'opposait pas à leur passage.

Le soir du 25, le général Bourbaki, en habit bourgeois, et portant la casquette de la Société internationale, se mêla aux médecins luxembourgeois et partit avec eux, sans avoir vu un seul de ses officiers d'état-major, ni même son aide de camp. Mais l'honorable général ne tarda pas à s'apercevoir que les Prussiens n'étaient guère dupes de son déguisement, et cette constatation ne contribua pas peu à faire naître de bonne heure en lui des doutes sur la réalité de l'invitation à laquelle il obéissait. C'est au milieu de ces perplexités, qui s'augmentaient à chaque heure, qu'il arriva à Londres, à la fin de septembre.

L'impératrice ne put retenir sa surprise en le voyant, et elle lui demanda vivement comment lui, commandant en chef de la garde impériale, se trouvait en Angleterre en un pareil moment et si sa présence n'indiquait pas qu'une grande catastrophe venait de frapper l'armée de Metz. Apprenant alors dans quelles conditions il avait été amené à faire le voyage de Londres, l'impératrice assura au général Bourbaki, de la façon la plus catégorique, qu'elle ne l'avait mandé ni directement ni indirectement et qu'elle n'avait rien à lui dire.

En présence de cette révélation, qui était pour lui un coup de foudre, le général Bourbaki se crut déshonoré, et il s'adressa immédiatement à lord Granville, ministre des affaires étrangères d'Angleterre, lui demandant instamment de vouloir bien s'entremettre auprès du quartier général prussien, afin de lui faciliter les moyens de reprendre son commandement :

Le roi de Prusse comprendra, j'en suis sûr, écrivait le général Bourbaki à lord Granville, le sentiment d'honneur qui me pousse à faire cette demande. Il ne voudrait pas que la conduite d'un loyal soldat fût exposée à des interprétations cruelles et injustes [1] .

Lord Granville déféra avec empressement à ce désir, et il fut informé par l'ambassadeur d'Allemagne à Londres, le 4 octobre, que le général Bourbaki était autorisé à traverser les lignes prussiennes pour retourner à Metz. Sur cette promesse, le général quitta immédiatement l'Angleterre, gagna la Belgique, et se dirigea vers la frontière du Luxembourg, par où il comptait rejoindre les avant-postes français. Mais là il lui fut déclaré que le prince Frédéric-Charles ne connaissait pas la prétendue autorisation invoquée par lui, et qu'en tout cas le passage des lignes prussiennes lui était interdit. Il revint alors à Bruxelles et fut voir le ministre de France, auquel il remit une lettre adressée par lui au ministre de la guerre, afin de lui expliquer sa situation. Auparavant, il avait été prié de se rendre à Tours auprès de la Délégation qui, aux termes d'une dépêche de M. de Chaudordy à notre représentant en Belgique, lui réservait un excellent accueil.

En racontant d'un trait, comme nous venons de le faire, l'aventure du général Bourbaki et l'odieuse mystification dont il fut victime, nous avons empiété un peu sur les événements et perdu de vue Régnier. Nous allons reprendre maintenant la suite et la fin de sa mission, jusqu'au moment où cet agent disparaît de la scène pour ne plus reparaître.

Lorsqu'il eut vu une seconde fois le maréchal Bazaine et réglé le départ du général Bourbaki, Regnier s'empressa de quitter Metz et de se rendre de nouveau au quartier général prussien. Nous le retrouvons à Ferrières le 28 septembre en conférence avec M. de

1. *Documents diplomatiques anglais.* Février 1871. — *Le comte Granville à lord Lyons, 12 octobre 1870.*

Bismarck, auquel il raconte en détail ses conversations avec le maréchal Bazaine. Regnier, poursuivant son rôle de négociateur et se disant mandataire du commandant en chef de l'armée du Rhin dont il apporte également la signature au bas d'une photographie, aborde la question de la paix et des conditions auxquelles elle est possible. Mais M. de Bismarck lui conteste ses pouvoirs et lui fait entendre qu'il n'a plus qu'à se retirer. Alors Regnier insiste, jure qu'il est en mesure de traiter et, comme preuve de ce qu'il avance, il envoie séance tenante au maréchal Bazaine la dépêche suivante, avec l'assentiment de M. de Bismarck :

Ferrières, le 28 septembre 1870.

Le maréchal Bazaine acceptera-t-il, pour la reddition de l'armée qui se trouve devant Metz, les conditions que stipulera M. Regnier, restant dans les instructions qu'il tiendra de M. le maréchal ?

Cette dépêche parvint le lendemain 29 au maréchal Bazaine, sous un pli du chef d'état-major du prince Frédéric-Charles, le général Stiehle. Le commandant en chef de l'armée du Rhin y répondit immédiatement par une lettre ainsi conçue :

Metz, 29 septembre 1870.

Monsieur le général,

Je m'empresse de vous faire savoir, en réponse à la lettre que vous m'avez fait l'honneur de m'envoyer ce matin, que je ne saurais répondre d'une manière absolument affirmative à la question qui est posée par S. Exc. M. le comte de Bismarck. Je ne connais nullement M. Regnier, qui s'est présenté à moi comme muni d'un laisser-passer de M. de Bismarck, et qui s'est dit l'envoyé de S. M. l'impératrice, sans pouvoirs écrits. M. Regnier m'a dit savoir que j'étais autorisé à envoyer auprès de l'impératrice, soit S. Exc. le maréchal Canrobert, soit le général Bourbaki. Il me demandait en même temps s'il pouvait exposer les conditions dans lesquelles il me serait possible d'entrer en négociations avec le commandant en chef de l'armée allemande devant Metz pour capituler.

Je lui ai répondu que la seule chose que je pusse faire serait d'accepter une capitulation avec les honneurs de la guerre; mais que je ne pouvais comprendre la place de Metz dans les conventions à intervenir. Ce sont là les seules conditions que l'honneur militaire me permette d'accepter, et ce sont les seules que M. Regnier ait pu exposer.

Dans le cas où S. A. R. le prince Frédéric-Charles désirerait de plus complets renseignements sur ce qui s'est passé, à ce propos, entre moi et M. Regnier, M. le général Boyer, mon premier aide de camp, aura l'honneur de se rendre à son quartier général au jour et à l'heure qu'il lui plaira d'indiquer.

La substance de la dépêche qui précède fut transmise par le télégraphe à Ferrières, dans la soirée du 29, et elle mit fin aux négociations engagées par Regnier en vue de la capitulation de l'armée du Rhin.

Telle est cette mission vraiment extraordinaire et fantastique de l'émissaire Regnier. On a vu plus haut avec quelle distinction il avait été accueilli à plusieurs reprises par M. de Bismarck, alors que

le quartier général allemand croyait pouvoir compter sur son zèle
et sur son habileté. Plus tard, les Prussiens affectèrent de traiter
ce personnage avec une sorte de dédain, disant de Regnier qu'il
n'était qu'un aventurier, un *farceur*, sur lequel ils ne s'étaient pas
trompés, mais auquel ils avaient cru devoir témoigner des égards
par déférence pour l'impératrice [1].

Cette allégation est fausse : des documents irréfutables établissent
au contraire que Regnier n'a jamais été en rapports avec l'impératrice, celle-ci ayant toujours refusé de le recevoir.

Quant au maréchal Bazaine, il est sans excuse d'avoir trempé
dans une pareille intrigue. Il n'y a pas de circonstances qui auto-
risent un maréchal de France, à la tête de 150,000 hommes, à
offrir à l'ennemi la reddition de son armée un mois avant d'y être
contraint par la famine !

Malgré toutes les précautions prises par le maréchal Bazaine pour
ne pas laisser ébruiter le voyage du général Bourbaki, son départ
fut bientôt connu et causa dans l'armée une profonde impression.
On ne se dissimulait pas dans les divers corps que la stratégie de
l'immobilité était pleine de périls et conduirait à des catastrophes.
Néanmoins, l'esprit général n'était pas encore familiarisé avec l'idée
de voir commencer les négociations, et le soupçon que le maréchal
avait pu déjà entrer en pourparlers avec l'ennemi déterminait une
profonde irritation dans les esprits.

Bientôt le maréchal Bazaine fut assailli de questions par ses chefs
de corps. L'un d'eux, le maréchal Lebœuf, alla le trouver le
28 septembre et lui dit : « Mais qu'est-ce que ces bruits qui courent
sur une mission du général Bourbaki ? » À quoi le commandant en
chef de l'armée du Rhin répondit : « Ah ! je n'ai pas eu occasion de
vous en parler ? Savez-vous ce que c'est que M. Regnier, attaché
au cabinet de l'impératrice ? Il m'a apporté des nouvelles de Sa
Majesté qui me demande à conférer soit avec Bourbaki, soit avec
Canrobert. Il paraît qu'il serait question de paix et de la réunion
d'une Assemblée. Le Gouvernement actuel n'est pas reconnu : il y
a de très-grandes divisions. La France est dans un état très-mal-
heureux, et une Assemblée seule peut tirer de là le pays. L'intervention de l'impératrice pourrait être utile [2]. »

Avec un autre officier général de l'armée de Metz, qui lui avait
posé la même question, le maréchal Bazaine entre dans moins de
détails et se contente d'indications qui n'ont presque pas de rapports avec celles qui précèdent. Au lieu d'être attaché au cabinet
de l'impératrice, Regnier, cette fois, n'est plus que le chef des médecins luxembourgeois, et il avait pour mission de faire sortir et

1. *Documents diplomatiques anglais.* — Lord Granville à lord Lyons,
12 octobre 1870.

2. *Déposition du maréchal Lebœuf devant la commission d'enquête du
Gouvernement du 4 septembre.*

de ramener ses compatriotes enfermés dans Metz. Quant au général Bourbaki, il a été envoyé en Angleterre uniquement pour dégager l'armée de son serment.

On voit, par la comparaison de ces deux réponses, que le maréchal Bazaine sait nuancer son langage d'après les opinions présumées de ses interlocuteurs. Aux uns, il déclare que l'impératrice doit négocier la paix et tirer d'embarras l'armée du Rhin; aux autres, il affirme que son unique préoccupation, à lui commandant en chef, est de dégager l'armée vis-à-vis de la dynastie déchue.

Au milieu de ces incidents, les plaintes contre l'inaction de l'armée devenaient chaque jour plus vives et plus générales, non-seulement parmi les troupes, mais encore parmi la population de Metz qui commençait à avoir le triste pressentiment du sort auquel elle était réservée sans doute. C'est pour répondre à ces reproches, que les sorties partielles du 27 septembre furent décidées.

A l'heure convenue, le général Lapasset se dirigea sur Peltre, et le général de Courcy sur Mercy-le-Haut. Les deux positions furent vigoureusement enlevées, et nos troupes en ramenèrent quelques prisonniers et des fourrages. L'ennemi alors mit le feu au bois de Borny, incendia les villages de Peltre et de Crépy, le château de Mercy-le-Haut et la Grange-aux-Bois.

Au moment où finissait l'opération qui précède, l'attaque recommençait du côté de Ladonchamps; là encore nous fîmes des prisonniers et des provisions. Dans ces deux affaires, nous eûmes une vingtaine d'hommes tués, dont 2 officiers et plus de 300 blessés, dont 9 officiers. Quant à l'ennemi, il laissa entre nos mains 178 prisonniers. Les troupes engagées avaient montré beaucoup d'entrain et de vigueur, et nul doute que, avec de pareilles expéditions fréquemment répétées, on n'eût réussi à fatiguer sensiblement l'ennemi et à lui infliger des pertes considérables.

Telles furent, avec l'expédition Sauvallier, le 22 septembre, et celle qui eut lieu le lendemain sur Vassy et sur Chieulles, les seules opérations militaires du mois, si on peut appeler opérations de simples reconnaissances offensives, entreprises dans le but d'enlever à l'ennemi des fourrages. L'armée du Rhin perdit donc trente jours dans l'inaction la plus complète, mangeant ses vivres, les épuisant sur place, et ne faisant rien pour sortir de l'étreinte des Prussiens. Le maréchal voulait avoir des nouvelles de France, et le temps qu'il dépensait à en chercher, il le croyait bien employé pour les intérêts dont il avait accepté la charge.

Etrange illusion ! Le maréchal comptait que le siége de Paris durerait moins que celui de Metz, et qu'il serait bientôt l'arbitre de la situation avec l'armée placée sous son commandement. En l'entretenant dans cet espoir, les Prussiens jouaient un jeu sûr: car qu'il durât un peu plus ou un peu moins, le siége de Paris avait toujours pour résultat de tenir le maréchal Bazaine au repos, et de lui faire consommer ses approvisionnements, jusqu'au jour où il lui faudrait capituler, si dans l'intervalle une solution politique n'intervenait pas.

En présence des réclamations croissantes des cercles militaires et du public contre l'immobilité de l'armée de Metz, le maréchal Bazaine se sentit bientôt obligé de préparer une opération d'attaque plus sérieuse. D'ailleurs elle devait être dans sa pensée la dernière, le temps approchant où l'épuisement progressif des vivres forcerait l'armée qu'il commandait à entrer en négociations avec l'ennemi. Nous passons sur la sortie de Ladonchamps, qu'exécuta le 6° corps avec un entrain si remarquable, le 2 octobre, pour arriver tout de suite à l'affaire de la Basse-Moselle, qui eut lieu le 7 du même mois.

Depuis quelque temps le maréchal, dans sa correspondance officielle avec les chefs de corps, cherchait manifestement à accréditer l'idée qu'il méditait un grand coup. Ainsi, il exprimait l'idée de faire rentrer la division Laveaucoupet, composant depuis le 14 août la garnison de la place et des forts de Metz, dans le 2° corps d'armée, sous les ordres du général Frossard. Il demandait en même temps à être fixé aussi exactement que possible sur les ressources que l'armée pourrait trouver chez les habitants de la ville en chevaux de selle et de trait. Le 3 octobre, il donnait l'ordre de distribuer aux troupes quatre jours de vivres de campagne ; le 5, il faisait rendre par la place à l'armée deux compagnies de pontonniers ; il décidait en outre que les hommes qui se trouvaient dans les ambulances des divers corps d'armée rentreraient le lendemain à Metz, en même temps que les hommes malingres des divers corps seraient versés dans les petits dépôts, contre les hommes valides de ces derniers, susceptibles de rejoindre l'armée. Enfin l'ingénieur des chemins de fer était mis en demeure par le maréchal de tenir prête la voie de Thionville ainsi que des wagons, pendant que le commandant supérieur de la place était invité à livrer à l'intendant général de l'armée la réserve de farine des forts.

Mais les faits ne répondirent pas à la grandeur de ces préparatifs. Le 7 octobre, le maréchal ordonna un mouvement offensif du côté de Ladonchamps. Le 4° corps devait agir à gauche de la route de Thionville ; la garde, à droite de la même route ; et le 3° corps, appuyer le mouvement sur la rive droite de la Moselle. Vers une heure, le 4° corps s'avança dans la direction indiquée, et la division de voltigeurs de la garde enleva très-brillamment les postes de Saint-Remy, de Maxes et des Grandes-Tapes. Mais le 3° corps s'engagea trop à droite, du côté de Poix et de Servigny, ce qui permit aux Prussiens de mettre immédiatement en action leurs batteries de la rive droite. A cinq heures, nos troupes rentrèrent dans leurs lignes, ramenant quelques voitures de paille et environ 700 prisonniers. Nos pertes, en tués, s'élevèrent à 11 officiers et 90 hommes ; en blessés, à 53 officiers et 981 hommes.

Telle est la dernière opération militaire de l'armée de Metz, et à la façon dont elle fut exécutée par les troupes qui y prirent part, on peut juger de ce qui leur restait encore d'élasticité, de trempe, d'excellent esprit. Mais le maréchal Bazaine avait voulu purement et simplement apaiser l'opinion publique par une démonstration militaire. Le soir même du 7 octobre, il adressait aux commandants de corps d'armée et aux commandants en chef de l'artillerie et du génie la dépêche suivante :

Le moment approche où l'armée du Rhin se trouvera dans la situation peut-être la plus difficile qu'ait jamais dû subir une armée française. Les graves événements militaires et politiques qui se sont accomplis loin de nous, et dont nous ressentons le douloureux contre-coup, n'ont jamais ébranlé ni votre force morale ni votre valeur comme armée ; mais vous n'ignorez pas que des complications d'un autre ordre s'ajoutent journellement à celles que créent pour nous les faits extérieurs. Les vivres commencent à manquer, et dans un délai qui ne sera que trop rapproché, ils nous feront absolument défaut. L'alimentation de nos chevaux de cavalerie et de trait est devenue un problème dont chaque jour qui s'écoule rend la solution de plus en plus improbable ; nos ressources sont épuisées, les chevaux vont dépérir et disparaître.

Dans ces graves circonstances, je vous ai appelés pour vous exposer la situation et vous faire part de mon sentiment.

Le devoir d'un général en chef est de ne rien laisser ignorer en pareille occurrence aux commandants de corps placés sous ses ordres et de s'éclairer de leurs avis et de leurs conseils. Placés immédiatement en contact avec les troupes, vous savez certainement ce qu'on peut attendre d'elles, ce que l'on doit en espérer. Aussi, avant de prendre un parti décisif, ai-je voulu vous adresser cette dépêche pour vous demander de me faire connaître, par écrit, après un examen très-mûr et très-approfondi de la situation, et après en avoir conféré avec vos généraux de division, votre opinion personnelle et votre appréciation motivée. Dès que j'aurai connaissance de ce document, dont l'importance ne vous échappera pas, je vous appelerai de nouveau dans un conseil suprême d'où sortira la solution définitive de la situation de l'armée dont S. M. l'empereur m'a confié le commandement.

Je vous prie de me faire parvenir dans les quarante-huit heures l'opinion que j'ai l'honneur de vous demander, et de m'accuser réception de cette dépêche.

Cette ouverture fut comprise par tous ceux qui la reçurent comme un préliminaire de négociations imminentes entre l'armée du Rhin et le grand quartier général prussien.

Les réponses des chefs de corps ne se firent pas attendre. Dès le lendemain, 8 octobre, elles furent expédiées, et nous allons les résumer d'après le texte authentique qui en a été donné par le maréchal lui-même dans son livre intitulé : *L'Armée du Rhin.*

LE GÉNÉRAL DESVAUX, *commandant la garde impériale.* — Il pense qu'il faut prolonger la résistance jusqu'aux limites du possible. Quand le moment sera venu de traiter, on demandera à l'ennemi de faire connaître ses conditions. Si elles sont honorables, on les acceptera ; si elles excèdent le droit du vainqueur, alors on les repoussera, et le devoir militaire sera de sortir en combattant.

LE GÉNÉRAL COFFINIÈRES, *commandant supérieur de la place de Metz.* — Il résume l'ensemble de la situation, établit par des chiffres rigoureusement exacts que la totalité des ressources alimentaires ne peut conduire l'armée que jusqu'au 20 octobre, comme limite extrême, puis il ajoute : « Mais comme on ne saurait attendre au dernier moment, à cause de l'impossibilité d'approvisionner instantanément une population civile et militaire de 230,000 âmes, nous concluons qu'il y a nécessité absolue de prendre un parti au plus tard dimanche prochain, 16 octobre. » Le général indique aussi qu'il paraît bien difficile aux hommes de cœur d'entrer en arrangement avant d'avoir tenté un suprême effort et d'avoir livré un grand combat.

LE MARÉCHAL CANROBERT, *commandant en chef du 6e corps.* — D'accord avec ses généraux, il pense qu'il y aurait lieu de traiter avec l'ennemi pour une convention honorable, qui autoriserait l'armée de Metz à partir avec armes et bagages, sous la condition de ne pas servir contre la Prusse pendant un temps qui n'excédera pas un an. Si l'ennemi veut imposer à l'armée de Metz des conditions inacceptables, alors, dit le maréchal, « nous lui ferons savoir que des soldats français de notre trempe ne sauraient s'humilier et qu'ils préfèrent mourir les armes à la main, en vendant chèrement leur vie. »

LE GÉNÉRAL FROSSARD, *commandant en chef du 2e corps.* — Une tentative de vive force pour sortir de Metz lui paraît très-dangereuse et pour l'armée et pour la place forte qu'elle protége. Il vaut donc mieux capituler honorablement, c'est-à-dire en conservant la faculté de partir avec armes et bagages.

LE MARÉCHAL LEBŒUF, *commandant en chef du 3e corps.* — Il exprime d'abord sa surprise que l'armée n'ait plus de pain que pour cinq jours, à la ration de 300 grammes par jour et par homme, et il est convaincu qu'on pourrait trouver dans la ville et dans la banlieue des approvisionnements notables en blé, retenus par des particuliers ou par des spéculateurs. Il déclare ensuite que l'armée de Metz n'en est pas encore réduite à ne plus engager d'action sérieuse. D'accord avec ses généraux, il estime donc que l'on doit tenter une fois de plus la fortune des armes, mais par une action commune, et non plus par des actions particulières et isolées.

LE GÉNÉRAL DE LADMIRAULT, *commandant en chef du 4e corps.* — Il trace un tableau assez sombre de l'état matériel des troupes placées sous son commandement ; mais il ajoute qu'on trouvera parmi elles le plus énergique dévouement pour tenter d'accomplir la résolution suprême que le maréchal jugera convenable de prendre.

A la suite de ces rapports, le maréchal Bazaine réunit au grand quartier général les chefs de corps de son armée, le 10 octobre, à deux heures de l'après-midi. Là, il donna lecture publique des lettres qui venaient de lui être adressées par le maréchal Canrobert, le général Desvaux, et le général Coffinières, ajoutant qu'il jugeait inutile de communiquer au conseil les autres, absolument

conçues dans le même sens, ce qui n'était pas tout à fait exact.
L'armée, ajouta le maréchal, perd tous les jours de ses forces et
de ses moyens d'action ; au point où en sont les choses, une sortie
n'aurait d'autre résultat que d'amener un désastre ; le prince Frédéric-Charles ne repousse pas absolument l'idée d'une négociation,
mais ses pouvoirs ne sont pas assez étendus, et il faudra en référer
au roi et à M. de Bismarck ; enfin les Prussiens ne reconnaissent
pas d'autre gouvernement en France que la régence de l'impératrice. Un membre fit alors observer, le général Coffinières, si nous
ne nous trompons pas, que les insinuations de M. de Bismarck n'é-
taient qu'un leurre pour nous faire arriver à l'entier épuisement de
nos ressources, et que, dans tous les cas, le plus mauvais service
qu'on pût rendre à l'empire, était de chercher à le restaurer par la
force des baïonnettes françaises et étrangères.

Cette opposition fut très-mal accueillie et donna lieu aux débats
les plus vifs, à ce point que le général Coffinières offrit quelques
jours après sa démission, qui ne fut pas acceptée par le maréchal.
Quoi qu'il en soit, et pour en revenir à la réunion du 10 octobre,
après une longue délibération, les quatre résolutions suivantes
furent adoptées par la majorité des membres présents : 1° on tiendra sous Metz le plus longtemps possible ; 2° on ne fera pas d'opérations autour de la place, le but à atteindre étant presque improbable ; 3° des pourparlers seront engagés avec l'ennemi dans un
délai qui ne dépassera pas quarante-huit heures, afin de conclure
une convention militaire honorable et acceptable pour tous ; 4° dans
le cas où l'ennemi voudrait imposer des conditions incompatibles
avec notre honneur et le sentiment du devoir militaire, on tentera
de se frayer un passage les armes à la main.

Le second acte du drame de Metz était terminé. La période des
négociations allait s'ouvrir.

<hr>

III

LA CAPITULATION

(10-28 octobre)

Le maréchal Bazaine, adoptant les conclusions votées dans la con
férence du 10 octobre, s'occupa immédiatement de choisir un négociateur à envoyer sans retard à Versailles, pour conférer avec
M. de Bismarck. Il crut devoir confier cette mission à son aide de

camp, le général Boyer, pour lequel il réclama, dès le 11, un laissez-passer du prince Frédéric-Charles. Celui-ci répondit tout d'abord qu'il lui était impossible d'accorder ce qu'on lui demandait. Puis, le 12, il se ravisa, après avoir consulté le quartier général de Versailles, et il écrivit au maréchal Bazaine la dépêche suivante :

Quartier général devant Metz, 12 octobre 1870.

J'éprouve un plaisir tout particulier à pouvoir annoncer à Votre Excellence que, sur mon intervention, S. M. le roi, mon gracieux maître, a, par voie télégraphique, accepté la proposition d'expédier votre aide de camp au quartier général royal.

Je prescris, en conséquence, à M. le lieutenant Dieskau de l'accompagner et de le ramener de Versailles à Metz.

Signé : FRÉDÉRIC-CHARLES.

Une fois muni de cette autorisation, le général Boyer hâta ses préparatifs de départ et reçut du maréchal des instructions écrites ainsi conçues :

Au moment où *la société est menacée par l'attitude qu'a prise un parti violent et dont les tendances ne sauraient aboutir à une solution que cherchent les bons esprits*, le maréchal commandant l'armée du Rhin, s'inspirant du désir qu'il a de sauver son pays et de le sauver de ses propres excès, interroge sa conscience et se demande si *l'armée placée sous ses ordres n'est pas destinée à devenir le palladium de la société*.

La question militaire est jugée ; les *armées allemandes sont victorieuses*, et S. M. le roi de Prusse ne saurait attacher un grand prix au stérile triomphe qu'il obtiendrait en dissolvant la seule force qui puisse aujourd'hui maîtriser l'anarchie dans notre malheureux pays, et assurer à la France et à l'Europe un calme devenu si nécessaire après les violentes commotions qui viennent de les agiter.

L'intervention d'une armée étrangère, même victorieuse, dans un pays aussi impressionnable que la France, dans une capitale aussi nerveuse que Paris, pourrait manquer le but, surexciter les esprits et amener des malheurs incalculables.

L'action d'une armée française encore toute constituée, ayant son moral, et qui, après avoir loyalement combattu l'armée allemande, a la conscience d'avoir su conquérir l'estime de ses adversaires, pèserait d'un poids immense dans les circonstances actuelles. Elle rétablirait l'ordre et protégerait la société, dont les intérêts sont communs avec ceux de l'Europe. Elle donnerait à la Prusse, par l'effet de cette même action, une garantie des gages qu'elle pourrait avoir à réclamer dans le présent, et enfin elle contribuerait à l'avénement d'un pouvoir régulier et légal, avec lequel les relations de toute nature pourraient être reprises sans secousse et naturellement.

Ban-Saint-Martin, 10 octobre 1870.

Il y a plusieurs observations à faire sur cette note.

La première, c'est que le maréchal Bazaine ne se rend pas un compte bien exact de la nature de ses devoirs, lorsqu'il dit que l'armée placée sous ses ordres devait-être le « palladium de la société. » Elle avait une mission à la fois plus simple et plus précise, c'était de sauvegarder une frontière essentielle et de contribuer activement à la défense nationale. D'ailleurs, si vraiment elle eût dû porter ses préoccupations vers le but que lui assigne ici le maréchal, elle n'eût répondu que bien incomplétement à ce qu'on attendait d'elle. Perdue pour le pays et pour la protection du territoire, elle n'a pu davantage défendre l'ordre et la société, à l'époque où le maréchal les supposait en péril.

Plus loin, il affirme que la question militaire est jugée, que l'armée de Metz est vaincue. On a vu par ce récit jusqu'à quel point une pareille assertion est contraire aux faits. L'armée du Rhin a été victorieuse à Borny, à Gravelotte, à Peltre et à Ladonchamp; si un de ses corps, le 2e, a éprouvé un échec le 6 août à Spickeren, n'est-ce pas la faute du maréchal qui ne l'a pas secouru? Si un autre de ces corps, le 6e, a été refoulé le 18 de Saint-Privat, n'est-ce pas encore la faute de celui qui, ayant ce jour-là sous la main une réserve de 82 canons et tout le corps de la garde, n'a pas jugé utile de les mettre en mouvement pour appuyer le maréchal Canrobert? A Servigny, l'armée du Rhin a-t-elle livré un combat sérieux, ou plutôt le maréchal n'a-t-il pas eu, le 31 août au soir, douze heures devant soi pour lui faire faire une marche victorieuse contre un ennemi non concentré? Quant aux combats du mois de septembre, où sont-ils? Il suffit de poser ces questions pour comprendre ce qu'il y a de trop absolu dans l'assertion du maréchal Bazaine, que les armées allemandes ont vaincu l'armée de Metz.

Enfin, que signifient ces mots : *La société est menacée par l'attitude qu'a prise un parti violent*, prononcés le 10 octobre 1870? A cette époque, il n'y avait de ménacés que Paris et les lignes de la Loire, mais la société ne courait aucun danger sérieux. La défense nationale était en pleine activité par le concours patriotique de toutes les volontés et de toutes les intelligences, et si, plus tard, le parti démagogique a pu songer à spéculer sur les malheurs de la patrie pour prendre le pouvoir, c'est la capitulation de Metz qui, en exaspérant le sentiment général, lui a fourni une occasion de relever la tête à Paris et en province.

Le 12 octobre, les chefs de corps de l'armée de Metz se réunirent au grand quartier général, sur l'ordre du maréchal Bazaine, pour signer le procès-verbal de la conférence du 10. Cette réunion fut très-animée; beaucoup de membres se plaignirent de l'attitude de la presse de Metz au commandant supérieur de la place, qui dut répondre que, dans des circonstances aussi critiques, il était très-difficile de contenir l'opinion publique. Enfin le procès-verbal fut signé par tous les membres présents; après quoi, le maréchal Bazaine annonça que le général Boyer était parti le matin même pour Versailles [1].

L'envoyé de l'armée du Rhin s'était mis en route, en effet, le 12, accompagné de deux officiers prussiens, dans la direction d'Ars, où

1. Ce procès-verbal est le seul qui ait un caractère officiel, puisque c'est le seul qui ait été lu et signé par les membres présents.

un train spécial fut mis à sa disposition, qui le conduisit à Pont-à-Mousson, Frouard et Toul jusqu'à Nanteuil. De là, il continua son voyage par Meaux et Lagny jusqu'à Versailles, où il arriva le 14.

Reçu le même jour et le lendemain par M. de Bismarck, le général Boyer lui proposa d'autoriser l'armée du Rhin à sortir de Metz avec armes et matériel, et à se rendre dans une ville de l'intérieur, avec l'engagement préalable de ne plus prendre part aux opérations militaires contre la Prusse.

Le chancelier répondit que cette demande était inacceptable, si elle n'engageait pas une question politique, la question même de la paix. L'Allemagne ne pouvait traiter qu'avec l'impératrice régente et, à son défaut, avec la Chambre des députés de 1869, issue du suffrage universel et illégalement dissoute. Il voulait en outre avoir l'assurance que l'armée du Rhin suivrait ce mouvement. Naturellement, M. de Bismarck, qui était loin à cette époque de soupçonner l'existence de l'armée de la Loire, assurait que la prolongation de la guerre n'avait d'autre résultat que de désorganiser le pays, dont les parties non occupées par les armées allemandes étaient la proie, selon lui, de la démagogie la plus avancée. L'Est, disait-il, est tout entier en notre pouvoir ; le Nord demande la paix ; l'Ouest s'agite beaucoup plus sous l'influence d'un souffle religieux que d'un souffle militaire ; quant au Midi, il est à la veille de se constituer en confédération. Le général Boyer, gardé à vue, n'était pas à l'aise pour contredire ces affirmations, quoique l'impossibilité de le faire[1] ne soit pas absolument démontrée. Il se hâta de repartir pour Metz, où il arriva le 17 octobre, sept jours après les résolutions prises, le 10, tandis qu'on avait espéré qu'il lui suffirait de trois jours pour accomplir sa mission.

Aussitôt que le général Boyer fut rentré à Metz de son voyage à Versailles, une réunion eut lieu, le 18 octobre, au grand quartier général, pour recevoir communication des résultats de la mission remplie par l'envoyé de l'armée du Rhin.

Le général Boyer fut introduit et rendit compte de ses conversations avec M. de Bismarck à Versailles. Après avoir dépeint sous les couleurs les plus sombres la situation de la France, il fit connaître les conditions imposées par le chancelier au départ de l'armée du Rhin. Ces conditions étaient les suivantes : 1° l'armée de Metz déclarera qu'elle est toujours l'armée de l'empire, décidée à soutenir le gouvernement de la régence ; 2° cette déclaration de l'armée coïncidera avec un manifeste de S. M. l'impératrice régente, adressé au peuple français, et par lequel, au besoin, elle fera un nouvel appel à la nation pour l'inviter à se prononcer sur la forme de gouvernement qu'elle désire adopter ; 3° enfin, ces deux déclarations

---

1. On assure que le général Boyer avait réussi à se procurer deux numéros du *Moniteur universel* de Tours, qui insérait alors les actes officiels de la Délégation.

devront être accompagnées d'un acte signé par un délégué de la régence et acceptant les bases d'un traité à intervenir entre le gouvernement allemand et celui de l'impératrice.

Sur le premier point, les chefs de corps présents furent invités à sonder l'opinion des généraux placés sous leurs ordres. Quant au second point, comme il dépendait uniquement de la volonté de l'impératrice, le conseil n'eut pas à le discuter. Restait la troisième condition, à propos de laquelle prévalut la résolution qu'en aucun cas le commandant en chef de l'armée du Rhin ne pourrait accepter de délégation de l'impératrice pour signer avec l'ennemi un traité stipulant des cessions territoriales.

Au milieu de ces débats, la question de savoir s'il ne serait pas préférable pour l'armée du Rhin de tenter un effort suprême afin de briser l'étreinte des Allemands et d'échapper aux conditions humiliantes de M. de Bismarck, surgissait de tous côtés et revenait pour ainsi dire par toutes les issues. Séance tenante, elle fut abordée une dernière fois. Le général Frossard, commandant le 2ᵉ corps, s'y déclara absolument opposé ; le général Ladmirault, commandant le 4ᵉ corps, annonça qu'il lui était impossible de compter sur ses troupes, mais qu'il était prêt, avec ses généraux, à obéir ; le maréchal Lebœuf, commandant le 3ᵉ corps, reconnut que le succès était difficile, mais que l'opération devait être tentée comme une folie glorieuse ; le maréchal Canrobert, commandant en chef du 6ᵉ corps, prétendit qu'il ne fallait plus parler de sortie, mais d'évasion. L'entreprise, selon lui, n'aurait d'autre résultat que de mettre à l'actif de la Prusse un succès militaire de plus.

Le général Desvaux, commandant en chef de la garde, fut d'avis qu'on avait le droit de demander encore un nouveau sacrifice à l'armée, et qu'à la rigueur on pouvait tenter de sortir.

Le général Soleille, commandant en chef de l'artillerie, fut nettement défavorable à toute opération militaire.

Enfin, le général Coffinières de Nordeck, commandant supérieur de la place de Metz, trouva les conditions de M. de Bismarck inacceptables. « Elles sont calculées uniquement, dit-il, pour conduire l'armée jusqu'à l'extrême limite de ses ressources alimentaires, et il faut les repousser par la force. » C'était le langage qu'il avait déjà tenu dans la séance du 10 octobre.

A la majorité des voix, il fut décidé que les commandants de corps consulteraient leurs généraux afin de savoir si on pouvait faire fond sur l'obéissance de l'armée hors des murs de Metz, et que, ce point élucidé, le général Boyer irait trouver l'impératrice et solliciter son intervention en faveur de l'armée de Metz.

Le lendemain, 19, il y eut une nouvelle conférence militaire au grand quartier général pour entendre le rapport des commandants de corps d'armée sur l'esprit des troupes, dans le sens de certaines éventualités politiques. Trois d'entre eux déclarèrent que leurs généraux étaient prêts à les suivre ; le quatrième déclara que les siens ne marcheraient pas dans un but qui ne serait pas exclusivement militaire ; enfin le cinquième dit avoir été informé que ses divisionnaires n'entendaient pas se séparer des intérêts généraux du pays.

À la suite de ces diverses communications, la majorité du conseil émit l'avis que le général Boyer devait être immédiatement envoyé en Angleterre auprès de l'impératrice pour lui exposer la situation, et, de fait, le lendemain 20, cet officier fut autorisé de nouveau à traverser les lignes prussiennes pour se rendre en Angleterre.

Le 21 octobre, sentant qu'un dénoûment était proche, le maréchal Bazaine crut se mettre en règle avec la délégation de Tours en lui adressant le télégramme suivant :

Le maréchal Bazaine au ministre de la guerre.

Metz, 21 octobre 1870.

A plusieurs reprises, j'ai envoyé des hommes de bonne volonté pour donner des nouvelles de l'armée de Metz. Depuis, notre situation n'a fait qu'empirer, et je n'ai jamais reçu la moindre communication, ni de Paris, ni de Tours. Il est cependant urgent de savoir ce qui se passe dans l'intérieur du pays et de la capitale, car sous peu la famine me forcera de prendre un parti dans l'intérêt de la France et de cette armée.

Il faut avouer que tout est étrange dans cette dépêche. Au point où en étaient les choses, quel intérêt le maréchal Bazaine pouvait il avoir à connaître ce qui se passait à Paris et en province, et, n'ayant plus de vivres, puisque les distributions régulières avaient cessé, avait-il sérieusement l'illusion qu'il lui serait possible de recevoir une réponse du ministre de la guerre en temps utile?

En revanche, si on ne se rend pas compte de l'intérêt qu'avait le maréchal à avoir des nouvelles de France, on comprend très-bien celui qu'aurait eu la délégation, engagée alors dans une négociation d'armistice, à connaître exactement ce qui se passait à Metz. Or, la dépêche qui précède ne disait les choses qu'à demi mot, quand il aurait fallu les communiquer au Gouvernement dans leur douloureuse nudité.

Mais nous irons plus loin : cette dépêche, confiée à deux émissaires, MM. de Valcourt et Wojtkiewitch, n'arriva à Tours que le jour même de la capitulation. Elle ne put donc rien apprendre en temps utile à la délégation de province. Or, comment ne pas remarquer que pour faire tenir au Gouvernement français ses communications, le maréchal Bazaine avait à ce moment un moyen beaucoup plus sûr et plus rapide que l'envoi d'émissaires ; c'était de les confier au général Boyer, lequel, pour se rendre en Angleterre, avait pris la route de Belgique, où le Gouvernement de la Défense nationale avait un représentant officiel, M. Tachard. Or, le général Boyer évita absolument de prévenir M. Tachard de son passage en Belgique et, ni directement ni indirectement, il ne fit parvenir à

Tours, alors qu'il en avait les moyens, aucune indication sur la nature de la mission qu'il allait remplir auprès de l'Impératrice. On voit par ce trait combien peu, en réalité, le maréchal Bazaine tenait à faire savoir au Gouvernement de la Défense nationale le véritable état des choses à Metz. Nous admettons, si l'on veut, qu'il fût gêné pour reconnaître ce gouvernement; toutefois, il ne se serait compromis, ni vis-à-vis de l'armée, ni vis-à-vis de l'empereur en prévenant la délégation de Tours de la terrible catastrophe qui se préparait à Metz.

Mais reprenons la suite de notre récit.

Le général Boyer arriva à Londres le 23 octobre. Il vit l'impératrice et lui communiqua officiellement la proposition dont il était porteur de la part du commandant en chef de l'armée du Rhin.

L'impératrice voulut l'examiner mûrement et la soumettre à une délibération approfondie, de la part de ses conseillers. Contre le sentiment de quelques-uns d'entre eux, et après deux jours d'hésitation, elle finit par répondre négativement. Avec un sens politique qui l'honore, elle comprit que la combinaison suggérée par M. de Bismarck cachait un piége odieux. En effet, pour quiconque a vu alors l'admirable mouvement de la défense nationale en province, l'intervention de l'impératrice eût été le signal du déchainement de la guerre civile. Car l'armée de Metz, à supposer qu'elle eût consenti à se prêter à un rôle politique, n'était plus à ce moment aussi maîtresse de la situation qu'on s'était plû à le faire croire au maréchal Bazaine.

Une autre armée, déjà forte de 100,000 hommes, était en voie d'organisation sur les bords de la Loire, et il n'est pas douteux que cette armée, fruit des efforts et du patriotisme de la nation tout entière, autant que du Gouvernement, n'eût protesté contre une restauration de l'Empire. Sans doute il entrait dans les calculs de la Prusse de jeter l'une contre l'autre ces deux armées, et d'achever par la guerre civile l'œuvre de la défaite et de l'invasion étrangère dans notre malheureux pays. Grâce au ciel, cette dernière épreuve lui a été épargnée en 1870.

Le maréchal Bazaine fut informé le 24 octobre, par une communication du général Boyer qui lui fut transmise par le prince Frédéric-Charles, du refus de l'impératrice d'entrer dans le plan politique qu'avait imaginé M. de Bismarck. Néanmoins, elle avait promis à l'envoyé du maréchal d'intervenir personnellement auprès du roi de Prusse pour qu'il accordât à l'armée du Rhin des conditions honorables.

De son côté, le chancelier allemand n'attendait qu'un prétexte pour signifier brutalement au maréchal Bazaine qu'il n'avait plus à compter sur des arrangements politiques devenus impossibles, et qu'il ne lui restait, par conséquent, qu'à livrer à l'Allemagne, sans conditions, une armée de 150,000 hommes et une place forte constituant la meilleure frontière stratégique de la France depuis

Henri II. Ce prétexte, il crut le trouver dans la réponse de l'impératrice, qu'il fit passer au maréchal avec les lignes suivantes en date du 23 octobre :

Je dois cependant vous faire observer, monsieur le maréchal, que depuis mon entrevue avec M. le général Boyer, aucune des garanties que je lui avais désignées comme indispensables avant d'entrer en négociations avec la régence impériale, n'a été réalisée et que l'avenir de la cause de l'empereur n'étant nullement assuré par l'attitude de la nation et de l'armée françaises, il est impossible au roi de se prêter à des négociations dont Sa Majesté seule aurait à faire accepter les résultats à la nation française. Les propositions qui nous arrivent de Londres sont, dans la situation actuelle, absolument inacceptables, et je constate, à mon regret, que je n'entrevois plus aucune chance d'arriver à un résultat par des négociations politiques.

BISMARCK.

C'est ici qu'on peut saisir, pour ainsi dire, sur le vif, les procédés politiques de M. de Bismarck. Tant qu'il s'est agi de faire perdre du temps au maréchal Bazaine et de le conduire jusqu'à la limite extrême de ses approvisionnements, il lui a déclaré que la Prusse ne pouvait et ne voulait traiter qu'avec l'empire, qui restait, malgré la révolution du 4 septembre, le gouvernement légal de la France. Mais lorsque l'armée de Metz touche à l'épuisement de ses vivres et que l'heure de la capitulation est imminente, le chancelier allemand s'aperçoit que l'avenir de la cause impériale n'est nullement assuré « par l'attitude de la nation et de l'armée françaises, » et qu'il n'y a plus « aucune chance d'arriver à un résultat par des négociations politiques. »

Le général Coffinières avait donc grandement raison lorsqu'au début des négociations il déclarait ne voir dans les ouvertures de M. de Bismarck qu'un leurre pour conduire l'armée du Rhin jusqu'à l'épuisement complet de ses ressources. Aussi la dépêche du chancelier dut-elle ouvrir cruellement les yeux au maréchal Bazaine et lui faire comprendre toute l'étendue de la faute qu'il avait commise, en sortant de son rôle de soldat pour engager avec l'ennemi des pourparlers que rien ne justifiait à l'origine, et qui ont épuisé l'armée de Metz, pour ainsi dire, sur elle-même.

Quant à l'impératrice, comme nous l'avons vu précédemment, elle avait décliné le rôle politique dans lequel on voulait l'entraîner, mais elle avait promis d'intercéder en faveur de l'armée du Rhin auprès du roi de Prusse. Toutefois, il était à prévoir que cette intercession n'amènerait pas de résultat, et qu'elle laisserait le roi Guillaume fort à l'aise pour réaliser l'anéantissement de la dernière armée de la France. Voici, du reste, la lettre qu'il écrivit de Versailles à la régente, lettre qui, sous une forme polie, signifiait : *J'exige la capitulation pure et simple de l'armée du maréchal Bazaine :*

Le roi de Prusse à l'impératrice Eugénie.

Versailles, 25 octobre 1870.

Madame,

Le comte de Bernstorff[1] m'a télégraphié les paroles que vous avez bien voulu m'adresser.

Je désire de tout mon cœur rendre la paix aux deux nations ; mais, pour y arriver, il faudrait d'abord établir la probabilité au moins que nous réussissions à faire accepter à la France le résultat de nos transactions, sans continuer la guerre contre la totalité des forces françaises.

A l'heure qu'il est, je regrette que l'incertitude où nous nous trouvons par rapport aux dispositions de l'armée de Metz, autant que de la nation française, ne nous permette pas de donner suite aux négociations proposées par Votre Majesté.

GUILLAUME.

Le maréchal Bazaine avait eu connaissance, le 24 octobre, de la réponse de l'impératrice. Il n'y avait plus une minute à attendre pour négocier la capitulation, car il restait des vivres pour deux ou trois jours au plus !

Le 24 octobre, les chefs de corps de l'armée du Rhin furent convoqués au grand quartier général à une heure de l'après-midi, pour y recevoir communication de la dépêche annonçant que, en présence du refus de l'impératrice de prendre part aux négociations, M. de Bismarck se trouvait dans l'impossibilité de traiter désormais avec l'armée du Rhin. Le conseil émit alors l'avis qu'il fallait ouvrir des pourparlers directs avec le prince Frédéric-Charles, et, sur la proposition du maréchal Canrobert, ce fut le général Changarnier qui fut choisi pour cette douloureuse mission. Immédiatement une lettre fut adressée au prince Frédéric-Charles, pour le prier de vouloir bien entrer en relations avec l'envoyé de l'armée du Rhin en lui facilitant les moyens d'arriver jusqu'à lui. Dès le 25 au matin, le maréchal Bazaine recevait du commandant en chef de la 2e armée prussienne la réponse suivante :

25 octobre 1870, 7 h. du matin.

J'ai eu l'honneur de recevoir la lettre que Votre Excellence m'a adressée hier. Quoique le désir exprimé par Votre Excellence de me voir entrer en relations avec M. le général Changarnier, pour conférer personnellement avec lui, soit, dans les circonstances actuelles, contraire à nos usages militaires, je n'en ai pas moins décidé que je me rendrai à votre désir, afin d'être agréable à Votre Excellence, de donner une marque de mon estime à l'illustre général, et comme preuve aussi de ma considération pour la vaillante armée française. J'enverrai aujourd'hui, à onze heures du matin, un officier de mon état major aux avant-postes de Moulin-lez-Metz ; il se mettra à la disposition de M. le général Changarnier et l'accompagnera à mon quartier général.

FRÉDÉRIC-CHARLES.

Immédiatement le général Changarnier se mit en route dans la

____

1. Le comte de Bernstorff, ambassadeur d'Allemagne à Londres.

direction indiquée par la lettre qui précède. L'objet de sa mission était déterminé avec précision par la note suivante, que lui avait remise, au moment de son départ, le maréchal Bazaine.

Demander la neutralisation de l'armée et du territoire qu'elle occupe, avec un armistice local permettant le ravitaillement nécessaire et de faire appel aux députés et aux pouvoirs constitués en vertu de la constitution de mai 1870, pour traiter de la paix entre les deux puissances.

Dans le cas où ce premier article ne serait pas accepté, demander à être interné sur un point du territoire français pour y remplir la même mission d'ordre.

Enfin, si on ne peut rien obtenir, demander, dans les conditions d'une capitulation qui nous serait imposée par le manque de vivres, que l'armée puisse être envoyée en Algérie.

Faisons remarquer en passant que, dans la conférence du 24, il avait été convenu que si l'ennemi se montrait trop exigeant, on le menacerait d'un combat à outrance. Les instructions données au général Changarnier passent cette menace sous silence. Quoi qu'il en soit, celui-ci fut reçu avec une courtoisie parfaite par le commandant en chef de la deuxième armée allemande, mais, il le dit lui-même : « Ma demande était exorbitante. Le prince Frédéric-Charles, quoique visiblement sympathique à mon émotion de patriote et de soldat, ne me donna pas même l'espoir de transmettre notre proposition à Versailles [1]. » L'échec du général Changarnier fut donc complet.

Il revint dans la même journée à Metz, et rendit compte au maréchal Bazaine de l'insuccès de sa mission. Le maréchal ne se tint pas pour battu et renvoya immédiatement au prince Frédéric-Charles le général de Cissey, avec l'instruction de tâcher d'obtenir que la place de Metz demeurât indépendante de l'armée et ne fût pas comprise dans la capitulation. Le général de Cissey devait également demander au prince Frédéric-Charles quelles conditions il entendait faire à l'armée du Rhin. Celui-ci répondit catégoriquement : sur le premier point, que le sort de la place de Metz était lié à celui de l'armée dont la présence l'avait protégée contre l'ennemi et, sur le second, que les conditions d'armistice devaient être débattues par les chefs d'état-major des deux armées.

Après avoir pris connaissance de cette réponse, le maréchal Bazaine consulta de nouveau ses lieutenants, et il fut admis, le 26 au matin, que le général Jarras, chef-d'état major de l'armée du Rhin, serait envoyé le jour même auprès du général Stiehle, chef d'état-major du prince Frédéric-Charles, pour régler avec lui les clauses de la capitulation.

A cinq heures et demie du soir, le général Jarras reçut avis que la première conférence entre son collègue prussien et lui sur la

1. *Discours du général Changarnier à l'Assemblée nationale* (séance du lundi 29 mai 1871.)

convention militaire à intervenir, aurait lieu dans la soirée, au château de Frescaty. Il partit immédiatement avec les deux officiers de l'état-major général désignés par lui pour rédiger les articles du protocole, à mesure qu'ils seraient arrêtés par les plénipotentaires. Un témoin oculaire raconte ainsi ce douloureux voyage :

Nous traversâmes la ville, et, sur la route de Nancy, entre les barricades des avant-postes, nous nous avançons à pied par une tempête épouvantable, qui s'est élevée tout à coup au moment de notre départ du Ban-Saint-Martin. Un vent violent nous jette à la figure une grêle froide et éteint le fanal porté par un de nos soldats; nous marchons comme des machines, la tête enveloppée dans nos capuchons, lorsque tout à coup le clairon ennemi répond aux appels du nôtre, et le *Wer da?* (qui est là?) de la sentinelle prussienne nous avertit que nous sommes parvenus à la barricade placée sur le pont du chemin de fer. Nous le franchissons à grand'peine sur des planches que la pluie a rendues glissantes, et nous tombons au milieu du poste ennemi. Rien de plus saisissant que cette arrivée d'officiers français, par une nuit noire, orageuse, près de ce groupe silencieux, discipliné, le fusil au bras, et éclairé par les vacillantes lueurs d'une lanterne, qui font briller par intervalles le cuivre des casques et l'acier des armes. Et nous sommes les vaincus ! et c'est là un des anneaux de cette chaîne de fer qui nous enveloppe de toutes parts et nous oblige à crier merci [1] !

Enfin les plénipotentiaires français arrivèrent à Frescaty, et, dès les premiers mots de la discussion, ils purent s'apercevoir qu'ils n'étaient venus que pour subir la loi du vainqueur. Par le premier article de la convention, l'armée de Metz devait être prisonnière de guerre; et par le second, Metz, avec tout ce que contenait la forteresse, devait être remis entre les mains du vainqueur.

Les plénipotentiaires français essayèrent de tempérer la rigueur de ces exigences en réclamant les honneurs de la guerre pour l'armée, et la conservation de l'épée pour les officiers. Il leur fut répondu qu'à la suite de certains faits survenus à Sedan, le roi Guillaume avait pris une décision contraire, sur laquelle il serait difficile de le faire revenir. Les nôtres insistèrent et prétendirent qu'après tout ils étaient encore libres de faire sauter les forts, de détruire les canons, de casser les fusils, de brûler les poudres, de mettre au feu les drapeaux, et alors de dire à l'ennemi : « Entrez, vous êtes les maîtres ! nous ne voulons pas de convention. Vous ne pouvez faire feu sur nous sans attenter à la civilisation. Et puis vous n'avez aucun intérêt à exaspérer l'armée française, et nous ne savons pas nous-mêmes comment les choses se passeront, si vous persistez à lui faire subir une humiliation qu'elle ne mérite pas. » Ces arguments parurent impressionner le général Stiehle, qui répondit alors : « Le roi a déclaré qu'il ne voulait pas laisser l'épée aux officiers. Tout ce

---

1. *Journal d'un officier de l'armée du Rhin*, par le lieutenant-colonel d'état-major Ch. **Faye**.

que je puis faire, c'est de demander à S. A. R. le prince Frédéric-Charles d'en référer à Sa Majesté en l'appuyant, et je le ferai. »

Mais séance tenante, la convention n'en fut pas moins libellée du côté des Allemands, comme si les honneurs de la guerre ne devaient pas être accordés à l'armée française.

On se sépara à trois heures du matin pour reprendre les conférences le lendemain 27. « Jamais je n'oublierai, dit encore le témoin oculaire dont dont nous avons déjà cité plus haut une page éloquente, ces six mortelles heures de nuit, pendant lesquelles j'ai éprouvé la plus grande douleur de ma vie. Il ne me semble pas permis de donner ici en détail cette longue conférence, pendant laquelle j'ai assisté à l'agonie de notre armée, de notre honneur militaire. Quel supplice dans cette salle, où j'ai entendu tomber goutte à goutte comme du plomb sur mon cœur de Français, tant de choses que je ne puis redire! Que de frémissements j'ai dû comprimer en écrivant, sous la dictée du vainqueur, ces dures conditions, qui mettent le sceau à toutes nos infortunes, qui perdent pour cette campagne la cause de la France! »

Dans la matinée du 27 octobre, le maréchal Bazaine fut informé par le général Stiehle que le roi de Prusse avait autorisé « le maintien de l'épée ou du sabre pour tous les officiers » de l'armée du Rhin, et que les honneurs de la guerre étaient accordés à nos troupes [1].

A six heures du soir, le général Jarras se rendit de nouveau avec ses deux officiers, au château de Frescaty. Cette fois, il était muni de ses pleins pouvoirs. La lecture du protocole et un nouvel examen des articles ramenèrent, dit l'auteur de l'ouvrage intitulé *Metz, campagne et négociations*, la discussion sur l'importante question des honneurs de la guerre, qui avait été résolue dans la matinée plus libéralement que la veille. Le général Jarras fit connaître alors au chef d'état-major du prince Frédéric-Charles, que le maréchal Bazaine était très-touché de l'insertion de cette dernière clause, mais qu'après mûres réflexions, il préférait qu'elle ne fût pas exécutée. « A ces paroles, ajoute l'auteur de *Metz, campagne et négociations*, l'étonnement du général Stiehle fut complet; il ne comprenait pas qu'un honneur eût été réclamé pour être con-

______

1. D'après quelques auteurs, cette concession, d'ailleurs si équitable, ne fut peut-être due qu'à une circonstance tout à fait imprévue. Les Prussiens avait compté que la capitulation serait signée dans la nuit du 26 au 27, et le roi Guillaume, sans attendre la nouvelle de la signature, avait télégraphié le 27 au matin, à la reine Augusta, la dépêche suivante : « Ce matin ont capitulé l'armée de Bazaine et la place de Metz. L'armée et la garnison mettent bas les armes aujourd'hui à midi. » Or, à ce moment, rien n'était signé, et on comprend l'intérêt qu'avaient les Prussiens à ne pas retarder la signature d'une convention dont ils avaient prématurément annoncé l'exécution.

sidéré comme non avenu. Le général Jarras ne pouvait ou ne voulait pas faire connaître la raison qu'avait eue le maréchal ;... comme il insistait sur la seule interprétation que le maréchal voulût admettre, le général Stiehle lui déclara qu'alors cette clause ne figurerait pas au protocole ; il n'était pas admissible, dans les idées militaires prussiennes, que des conditions fussent stipulées pour n'être pas exécutées ; chez eux, le texte avait une valeur réelle et rien n'en pouvait être éludé par aucune des deux parties. » Ainsi mis en demeure, le général Jarras, conformément à ses instructions, dut consentir à la suppression de la clause relative aux honneurs militaires, qui fut remplacée par la rédaction suivante : « Pour reconnaître le courage dont ont fait preuve pendant la durée de la campagne les troupes de l'armée et de la garnison, il est permis aux officiers d'emporter avec eux leurs épées ou sabres, ainsi que tout ce qui leur appartient personnellement. »

Pourquoi l'armée de Metz fut-elle ainsi privée, par la volonté du maréchal Bazaine, d'une concession à laquelle les armées qui capitulent attachent si justement un prix considérable ? Le maréchal essaye d'en donner plusieurs raisons, que nous ne voulons pas apprécier ici, mais qui paraîtront nécessairement très-insuffisantes. « Nous n'acceptâmes pas, dit-il, les honneurs militaires, qui consistent à passer devant l'ennemi, musique en tête et étendards déployés, puis à déposer les armes après avoir défilé. Qui de nous, en effet, dans l'armée du Rhin, eût supporté patiemment un pareil honneur, dans une telle situation morale ? Jadis, c'était un moyen de rendre hommage à la vaillance des troupes, pour la plupart mercenaires ; mais pour les armées nationales, où chaque soldat, partie d'un grand tout que l'on appelle patrie, ressent lui-même les injures faites à cette patrie, c'est là une humiliation nouvelle [1]. »

La capitulation, signée dans la soirée du 27 octobre, au château de Frescasty, était exécutoire à partir du 29 à midi. Le 28, le maréchal réunit les chefs de corps d'armée et les commandants d'armes et leur fit connaître le texte de la fatale convention.

Le maréchal rendit aux Prussiens non-seulement son armée et la ville de Metz avec un matériel immense, mais il ne put même pas leur dérober les drapeaux, signes d'honneur qu'il est d'usage absolu de détruire lorsqu'il faut les livrer à l'ennemi. Nous ne nous chargeons pas d'expliquer par quel concours de circonstances ce sacrifice si douloureux fut imposé à l'armée du Rhin, après tant d'autres. Il aurait dû lui être épargné, et il eût suffi pour cela d'incinérer ces objets avant de signer la capitulation.

Le maréchal Bazaine sentit bien que l'exécution des arrangements du 27 octobre rencontrerait sur ce point de grandes difficultés ; aussi essaya-t-il de les prévenir par des ordres contradictoires qui eurent pour résultat d'exaspérer les officiers et les généraux. Les

1. *L'Armée du Rhin*, par le maréchal Bazaine, page 204.

commandants de corps furent invités à réunir les drapeaux et les étendards des régiments à l'arsenal de Metz, où *ils devaient être brûlés*. Le lendemain, le maréchal donnait l'ordre au commandant supérieur de Metz de recevoir ces objets à l'arsenal, *où ils seraient déposés en magasin* [1].

Ces ordres contradictoires ne tardèrent pas à être connus dans l'armée, et il faut bien dire qu'ils y causèrent une vive irritation, En vain, le maréchal allègue-t-il pour justifier sa conduite que les drapeaux ne sont que des lambeaux d'étoffe « qui n'ont de valeur morale que quand ils sont pris sur le champ de bataille. » Ces lambeaux d'étoffe sont le symbole de l'honneur militaire; ils veulent être traités avec plus de considération et de respect.

Le 29 octobre 1870, date à jamais néfaste pour tous les cœurs français, la capitulation de Metz et de l'armée du Rhin reçut son exécution.

De bonne heure le maréchal Bazaine s'était préoccupé d'assurer son départ, de manière à ne pas se trouver en contact avec l'armée au moment de sa reddition. Après avoir adressé aux troupes placées sous son commandement une proclamation qu'il est inutile de rappeler ici, le maréchal se mit en route non sans avoir écrit au prince Frédéric-Charles afin de lui demander quelle résidence il lui assignait. Chemin faisant, dans la direction d'Ars, il rencontra un officier qui lui apportait la réponse du prince, par laquelle celui-ci l'autorisait à quitter les lignes françaises seulement à cinq heures du soir ou le lendemain dans la matinée, à neuf heures, c'est-à-dire lorsque tout serait consommé. Le maréchal ne crut pas devoir pour autant retourner à Metz; il passa la journée du 29 à Moulins, sur la limite de nos avant-postes, et à cinq heures du

1. Cette affaire des drapeaux est fort compliquée. Le maréchal Bazaine affirme qu'au rapport du 26 octobre, il donna l'ordre *verbal* au général commandant l'artillerie de faire réunir par les soins de son arme les aigles des régiments, afin de les déposer à l'arsenal *où elles devaient être détruites*, et que cet ordre fut mal interprété. Le fait est qu'il n'était guère régulier de charger le général Soleille d'une pareille mission. L'ordre aurait dû être transmis directement aux commandants de corps et, de cette façon, il aurait été exécuté sans délai. Quoi qu'il en soit, sauf une exception, il ne le fut pas, et alors le maréchal chargea le général Jarras de pressentir le général Stiehle au sujet des conséquences que pourrait avoir une incinération éventuelle des drapeaux. Une fois son attention éveillée sur ce point, le prince Frédéric-Charles ne manqua pas de répondre, dans la journée du 27, qu'il s'opposait formellement à la destruction projetée et qu'elle pouvait tout remettre en question. C'est alors que le maréchal, se croyant empêché de passer outre, prescrivit aux commandants de corps d'envoyer et au général Coffinières de faire recevoir, le lendemain matin, à l'arsenal, les aigles des régiments de tous les corps d'armée, lesquelles seraient apportées, enveloppées dans leurs étuis et dans des fourreaux fermés, conformément aux nouvelles instructions envoyées à cet égard aux généraux.

soir il les franchit pour se rendre au quartier général prussien, où
on lui apprit qu'il était interné à Cassel.

Quant à l'armée, dont le maréchal Bazaine s'était séparé si pré-
cipitamment dès le matin du 29 octobre, elle fut remise aux Prussiens, d'après un cérémonial qui fut laissé à l'arbitraire des commandants de corps. Les uns firent emmener les soldats par leurs
généraux; les autres, par les officiers de semaine; mais il est juste
d'ajouter que les officiers des régiments tinrent pour la plupart à
honneur de rester avec leurs hommes jusqu'au dernier moment
de cette horrible agonie. Aucune plume ne saurait rendre la douleur d'un pareil spectacle, auquel s'ajoutait l'inclémence de la
température et notamment une pluie torrentielle.

A la même heure, des détachements prussiens se présentèrent
devant les forts et en prirent possession, ainsi que des portes
de la ville. Quelques heures après, la division Kummer entrait dans
Metz, et parcourait les rues silencieuses de la capitale de la Lorraine, au milieu des magasins fermés et des femmes en deuil.

La capitulation du 28 octobre livrait à l'ennemi 168,280 hommes,
plus 5,000 hommes environ, composés de blessés, soignés chez les
particuliers, de gardes-mobiles, de francs-tireurs et de douaniers.
Ce chiffre se décomposait ainsi : 152,827 hommes destinés à la captivité, 15,462 hommes répartis dans les ambulances de la place, plus
les 5,000 hommes dont nous venons de parler. Maintenant, soyons
juste; sur ce chiffre de 173,000 hommes, combien restait-il de
vrais combattants? 100,000 à peine, et encore étaient-ils sans artillerie, sans cavalerie et sans vivres. Les blessés, les infirmes, les
employés de l'état-major de la place de Metz formaient le reste.

Mais cette armée du Rhin, du 2 août au 7 octobre, dans les qua-
torze rencontres d'inégale importance où elle s'était mesurée avec
un ennemi vigoureux et souvent supérieur en nombre, elle s'était
toujours battue avec une valeur et une bravoure incomparables. Ses
pertes sont là pour le prouver. L'armée du Rhin compte, en tués,
4 généraux, 358 officiers et 3,342 soldats; en blessés, 19 généraux,
1,488 officiers et 23,788 soldats; en disparus, 3 généraux, 257 officiers et 13,208 soldats. Total de toutes les pertes : 42,462 hommes.
Elle ne laissa aux mains de l'ennemi que 6,000 prisonniers.

Quant à l'état matériel et moral dans lequel les soldats de
l'armée du Rhin sortirent de Metz le 29 octobre, nous ne croyons
pas pouvoir le décrire mieux qu'en reproduisant ici les lignes
suivantes, écrites, le 2 novembre 1870, par le correspondant de la
Gazette du Weser :

Il y a un camp de prisonniers français à Ars-Laquenexy, entre Aubigny,
Marsilly et Ars. Il faut avoir vu cette misère pour s'en faire idée. Les premiers arrivaient mécontents et fiers; mais un morceau de pain, et des plus
petits, déridait vite la plupart des fronts; ils n'avaient, dans les derniers
temps, à Metz, d'après leur aveu, qu'un tiers de la ration de pain et un peu
de viande de cheval sans sel. Nous sommes, grâce à Dieu, dans des mai-

sons, granges et écuries; mais il a fallu laisser les pauvres soldats français sous leurs petits abris, dans la boue, malgré une pluie continuelle; aussi l'on pense ce qu'ils doivent souffrir. Le premier jour, plusieurs tombèrent sans vie sur la route; après la première nuit de bivouac, on dut retirer cent dix cadavres de leur camp. Ils crient tous famine, et si on leur donne un peu de pain, ils le dévorent et en redemandent encore. Il est douloureux de voir souffrir ainsi tous ces braves gens : il est des barbes grises qui pleurent et crient à la trahison. Beaucoup donnent leurs croix, leurs médailles, pour avoir à manger. D'autres, cependant, conservent dans ce malheur une noble fierté; ainsi un sergent-major de chasseurs s'est approché de moi et, réduit à me demander du pain, il a voulu absolument me le payer; après m'avoir remercié, il s'est retiré avec dignité pour satisfaire sa faim. J'avisai aussitôt un soldat français et je lui donnai la pièce de 1 franc que je venais de recevoir et qui fut aussitôt convertie en denrées alimentaires auprès de la vivandière.

Il n'y a rien de plus douloureux que cette peinture : elle reflète, comme en un fragment de miroir brisé, toutes les amertumes morales et toutes les privations physiques de l'armée du Rhin.

Ici s'achève notre tâche. Le lecteur nous demandera peut-être une conclusion. Cette conclusion, les convenances nous empêchent de la formuler. Nous n'avons point voulu requérir contre un prévenu, nous avons voulu seulement exposer les faits qui ont motivé une instruction sur sa conduite. Nous ajouterons seulement en terminant que, de sa nature, le devoir militaire est simple et absolu. La politique l'altère, et les chefs de l'armée doivent toujours s'en abstenir comme d'un grand danger pour leur honneur et pour le pays.

FIN

Paris. — Typographie A. Pougin, 18, qu.... ....aire. — 4768.

LIBRAIRIE

DU

MONITEUR UNIVERSEL

13, QUAI VOLTAIRE, PARIS

— ⁂ —

EXTRAIT DU CATALOGUE

— ⁂ —

PARIS

IMPRIMERIE TYPOGRAPHIQUE DE A. POUGIN

13, QUAI VOLTAIRE, 13

—

1873

DIX-SEPTIÈME ANNÉE

LE MONDE ILLUSTRÉ

JOURNAL HEBDOMADAIRE

Le **Monde illustré** compte dix-sept années d'existence; il est aujourd'hui le Journal illustré le plus répandu en France; il doit ce succès à la modicité extrême de son prix, à l'intérêt de ses gravures toujours inédites, de son texte dû aux plumes les plus aimées du public, à la beauté de son impression et à l'exactitude de ses informations.

Il paraît une fois par semaine en *seize pages* grand in-8° à trois colonnes; huit pages sont consacrées aux gravures exécutées par les premiers artistes de Paris, gravures reproduisant les événements du moment, les fêtes, les cérémonies, les portraits d'hommes célèbres, vues de pays, enfin tous les sujets qui attirent l'attention publique. — Les huit autres sont consacrées à un Courrier de Paris, une Revue des Théâtres, un Courrier du Palais, un Courrier de Modes, des Nouvelles, des Romans, l'explication des gravures, des articles de fantaisie, etc.

Le **Monde** illustré a des Correspondants dans toutes les parties du monde, et généralement le premier et le mieux informé, il est intéressant pour toutes les nations, où il compte déjà un grand nombre d'abonnés.

Les cinquante-deux livraisons, imprimées sur papier de luxe, forment à la fin de chaque année deux magnifiques volumes de 816 pages de texte, illustrés de plus de cinq cents gravures; chaque volume est terminé par une table des matières et forme un joli album de salon.

PRIX D'ABONNEMENT

Un an : **24** fr. — Six mois : **13** fr. — Trois mois : **7** fr.

On s'abonne par l'envoi du montant de l'Abonnement en un mandat-poste ou en un mandat sur Paris à l'ordre de M. BOURDILLIAT, *administrateur,* **13, quai Voltaire, à Paris.**

REVUE DE LA MODE

GAZETTE DE LA FAMILLE

Grand Journal illustré des Modes françaises, des Ouvrages de Dames des Arts décoratifs et de l'Ameublement

DONNANT 52 NUMÉROS — 24 PLANCHES DE PATRONS
52 PLANCHES DE MODES COLORIÉES PAR AN

La *Revue de la Mode*, entièrement composée de modes *créées, dessinées et gravées à Paris*, est le journal le plus complet des modes françaises, des ouvrages de dames, des arts décoratifs et de l'ameublement. La *Revue de la Mode* publie, tous les dimanches, huit pages grand format, à trois colonnes, splendidement illustrées de modes et d'ouvrages de dames; et, deux fois par mois, des planches de *patrons, en grandeur naturelle*, de toilettes et de broderies.

Les personnes qui le désirent reçoivent avec chaque numéro une jolie planche de modes coloriées à l'aquarelle. La *Revue de la Mode* offre en outre *gratuitement* à ses abonnées plusieurs planches de tapisserie en couleur.

Des traités passés avec les principales maisons parisiennes assurent à la *Revue de la Mode* la primeur de toutes les nouveautés, *avant leur mise en vente*. Les abonnées de la *Revue de la Mode* sont par conséquent les premières à connaître les modes dans toute leur fraîcheur.

CONDITIONS D'ABONNEMENT

On peut s'abonner à la REVUE DE LA MODE *sans* les planches de modes coloriées, ou *avec* les planches de modes coloriées. De là, deux prix différents

ABONNEMENT SANS GRAVURES COLORIÉES	ABONNEMENT AVEC GRAVURES COLORIÉES
On reçoit, par an, 52 numéros illustrés (un numéro chaque dimanche) et 24 feuilles de patrons en grandeur naturelle (2 feuilles par mois).	On reçoit, par an, 52 numéros illustrés, — 24 feuilles de patrons en grandeur naturelle, — et 52 gravures de modes coloriées.

PARIS		PARIS	
Trois mois. . . .	3 »	Trois mois. . . .	6 75
Six mois.	6 »	Six mois.	13 »
Un an.	12 »	Un an.	24 »
DÉPARTEMENTS		DÉPARTEMENTS	
Trois mois. . . .	3 50	Trois mois. . . .	7 »
Six mois.	7 »	Six mois.	13 50
Un an.	14 »	Un an.	25 »

On s'abonne par l'envoi d'un mandat sur la poste à l'ordre de l'Administrateur, 13, quai Voltaire.

Les abonnements partent du 1er de chaque mois. La collection de la REVUE DE LA MODE a commencé le 1er janvier 1872; les personnes qui le désirent pourront recevoir tous les numéros parus depuis cette époque.

Un numéro spécimen sera envoyé gratuitement à toute personne qui en fera la demande.

MDCCCLXXIII

LA MOSAÏQUE

REVUE PITTORESQUE

De tous les Temps et de tous les Pays

TEXTE. — Contes et Nouvelles. — Impressions de voyages. — Études biographiques et littéraires. — Revue de tous les métiers et de toutes les carrières. — Découvertes récentes. — Curiosités des beaux-arts, de l'histoire et de la science. — Mémoires anecdotiques. — Statistique instructive. — Études de mœurs. — Connaissances utiles. — Pensées choisies et proverbes populaires, etc., etc.

Pour tous ces articles, la **Mosaïque** *s'est assuré le concours des écrivains spéciaux les plus estimés.*

GRAVURES. — Œuvres des maîtres. — Vues anciennes et modernes. — Musées et collections particulières. — Croquis de touristes. — Portraits et costumes authentiques. — Fac-simile de gravures anciennes. — Album de la science, de l'industrie et de l'ornementation. — Autographes célèbres. — Sujets de genre. — Caricatures historiques, etc., etc.

Tous les dessins et toutes les gravures sont exécutés par les premiers artistes.

ABONNEMENTS

PARIS : Un an, **7** fr. — Six mois, **3** fr. **50**
DÉPARTEMENTS : Un an, **8** fr. **50**. — Six mois, **4** fr. **25**

LES ABONNEMENTS PARTENT DU 1er JANVIER ET DU 1er JUILLET

Une livraison tous les Samedis : **15** cent. — La série mensuelle : **60** cent.

La 1re série mensuelle, publiée en janvier 1873, et ne contenant que deux numéros, se vend, par exception, **30** *centimes*

EN VENTE CHEZ TOUS LES LIBRAIRES ET AUX BUREAUX, 11, QUAI VOLTAIRE, A PARIS

Un Numéro est envoyé gratuitement

MÉMORIAL ILLUSTRÉ

DES

DEUX SIÉGES DE PARIS

LES PRUSSIENS 1870 — 1871 LA COMMUNE

TEXTE

PAR

M. LORÉDAN LARCHEY

TROIS CENT VINGT GRAVURES

PAR

MM. Bocourt, Chifflart, Clerget, Darjou,
Deroy, Gustave Doré, Godefroy Durand, Férat
Grandsire, Janet, Lançon, Lix, Marie,
Edmond Morin, Rickebusch, Sellier, Vierge,
Yon, etc., etc.

Un magnifique volume de 408 pages in-4°

PRIX BROCHÉ : **14** FR. — RELIÉ, TRANCHES DORÉES, **20** FR.

LE MONITEUR DE LA PHOTOGRAPHIE

Revue internationale et universelle des progrès de la photographie et des arts
qui s'y rattachent (photo-lithographie, heliogravure, photographie au char-
bon, etc.), fondée en 1861 et rédigée par M. Ernest Lacan, avec le concours
de MM. Léon Vidal, le docteur Liesegang, le docteur Phipsen, Th. Sutton,
Wharton Simpson et des sommités scientifiques de tous les pays, illustrée de
spécimens des procédés nouveaux.

CONDITIONS D'ABONNEMENT

Un an : Paris, **16** fr. — Départements, Alsace-Lorraine
et Algérie, **18** fr. — Etranger, **22** fr.

ANNALES
DU SÉNAT ET DU CORPS LÉGISLATIF

Année 1861	7	volumes in-4° brochés de 40 feuilles	**5** fr. le vol.
— 1862	7	—	—	**5** —
— 1863	6	—	—	**5** —
— 1864	10	—	—	**5** —
— 1865	9	—	—	**5** —
— 1866	10	—	—	**5** —
— 1867	10	—	—	**5** —
— 1868	16	—	—	**5** —

Ajouter **1** *fr. par volume pour recevoir* franco *par la poste
dans toute la France.*

Session de 1869, le 1ᵉʳ vol   contenant **120** f. in-4° broché   **15** fr.
—　　　—　　2ᵐᵉ　　—　　**124**　　—　　**15**
—　　　—　　3ᵐᵉ　　—　　**60**　　—　　**8**
Session extraord. de 1869, 1 vol. cont.　**60**　—　　**8**
Reprise de la Session ext. de 1869, 1 v. c. **112** f. in-4° br.　**15**

Ajouter **2** *fr. par volume pour recevoir* franco *par la poste.*

Session ord. de 1870, t. Iᵉʳ, contenant **128** f. in-4° broché **15** fr.
—　　　　t. II,　—　**117**　—　**15**
—　　　　t. III,　—　**120**　—　**15**
—　　　　t. IV,　—　**140**　—　**18**
—　　　　t. V,　—　**118**　—　**15**
—　　　　t. VI,　—　**60**　—　**8**
—　　　　t. VII,　—　**60**　—　**8**

QUATRELLES

LE CHEVALIER BEAU TEMPS

Préface d'ALEXANDRE DUMAS fils

VIGNETTES DE GUSTAVE DORÉ

TRÈS-BEAU VOLUME, IMPRESSION DE LUXE, PRIX **4** FRANCS

TEXTE DÉFINITIF DE LA NOUVELLE LOI

SUR LE

RECRUTEMENT

DE L'ARMÉE

VOTÉE PAR L'ASSEMBLÉE NATIONALE

EN DERNIÈRE LECTURE

LE 27 JUILLET 1872

AVEC NOTES EXPLICATIVES

AU-DESSOUS DE CHAQUE ARTICLE

Par LAGRANGE DE LANGRE

QUATORZIÈME ÉDITION. — PRIX : **30** CENTIMES

(*Franco*, par la poste, **40** centimes)

LA PRESSE ILLUSTRÉE

LE JOURNAL ILLUSTRÉ A **10** CENTIMES

Qui contient le plus de Gravures et d'Articles intéressants

PARAISSANT TOUS LES SAMEDIS

Huit pages format du MONDE ILLUSTRÉ

dont 4 pages de gravures par les meilleurs artistes

LE NUMÉRO **10** CENTIMES

MANUEL

DE

L'ENGAGÉ VOLONTAIRE

Texte du Décret et des Instructions ministérielles

CONCERNANT

LES ENGAGEMENTS ET RENGAGEMENTS VOLONTAIRES

LES ENGAGEMENTS CONDITIONNELS D'UN AN

AVEC PRÉFACE ET NOTES EXPLICATIVES

A la suite de chaque article

Par LAGRANGE DE LANGRE

UN VOLUME IN-18. — PRIX : **40** CENTIMES

(*Franco*, par la poste, **50** centimes)

LE PETIT MONITEUR UNIVERSEL

JOURNAL QUOTIDIEN

*Contenant toutes les nouvelles politiques, littéraires, le compte
rendu de l'Assemblée nationale, les cours de la Bourse et des
marchés. — Romans, voyages. — Faits divers.*

Un an, **24** fr. — Six mois **13** fr. — Trois mois, **7** fr.

LE NUMÉRO **5** CENTIMES

LA
BATAILLE DE SEDAN

UN BEAU VOLUME IN-18 AVEC CARTE

HISTOIRE DE LA CAMPAGNE DE 1870

DEPUIS LE 23 AOUT JUSQU'AU 2 SEPTEMBRE

Par LÉO JOUBERT

———

Prix : **3** francs

———

POUR LE RECEVOIR *franco* PAR LA POSTE, ENVOYER 3 FR. 50

═══════════════════════════════

LE
GOUVERNEMENT CONSTITUTIONNEL

ÉTUDE SUR LES QUESTIONS ACTUELLES

RESPONSABILITÉ MINISTÉRIELLE
AMENDEMENT GRÉVY. — RÉGIME PRÉSIDENTIEL
CHAMBRE HAUTE. — DROIT DE DISSOLUTION
LOI ÉLECTORALE. — ORGANISATION DU POUVOIR EXÉCUTIF

Par CHARLES SAVARY

Député de la Manche

Un volume in-8º de 312 pages. — Prix : **4** francs

MANUEL

DES

NOUVEAUX IMPOTS

VOTÉS PAR L'ASSEMBLÉE NATIONALE

Du 12 février 1871 au 3 août 1872

CLASSÉS PAR ORDRE ALPHABÉTIQUE

ET SUIVIS DE LA

NOUVELLE LOI SUR LE RECRUTEMENT DE L'ARMÉE

Prix : 1 franc. — Par la poste : 1 fr. 25

LE SIÉGE

DE

STRASBOURG

PENDANT LA CAMPAGNE DE 1870

SOUVENIR D'UN TÉMOIN OCULAIRE

Par M. le comte DE MALARTIC

Préfet du département de la Haute-Loire, ancien secrétaire général de la préfecture
du département du Bas-Rhin.

Prix : 2 fr. 50. — Par la poste : 2 fr. 75

ENQUÊTE PARLEMENTAIRE

SUR

L'INSURRECTION

DU 18 MARS

DÉPOSITIONS DE MESSIEURS

Thiers. — Cresson. — Le général Trochu.
Jules Favre. — Jules Ferry. — Le général Le Flô.
Ernest Picard. — Le marquis de Plœuc.
Le maréchal Mac-Mahon. — Mettetal. — Floquet. — Gaillard.
Le général Appert. — L'amiral Saisset. — Schœlcher. — Vacherot.
Degouve-Denuncque. — Desmarest. — Le colonel Ibos.
Le général d'Aurelle de Paladines.
Le vice-amiral Pothuau. — Corbon. — Le général Cremer.
Ducarre. — Ansart. — Marseille. — Claude.
Lagrange. — Macé. — Nusse. — Garcin. — Tirard.
Mouton. — Dubail. — Vautrain. — Denormandie. — François Favre.
Roger (du Nord). — Le colonel Langlois. — Tolain.
Fribourg. — Héligon.

Un beau volume grand in-4º. — Prix : 3 fr.
Franco, par la poste, **3 fr. 50**

BIBLIOTHÈQUE HISTORIQUE

LE MARÉCHAL BAZAINE

ET

L'ARMÉE DU RHIN

D'après les relations des Témoins et les Documents officiels

PAR

J. VALFREY

Un volume in-18. Prix : 50 centimes.

PARIS. — IMPRIMERIE A. POUGIN, 13, QUAI VOLTAIRE. — 5886.